十七文字の狩人

大関靖博

jyuunanamoji no kariudo

Ohzeki Yasuhiro

ふらんす堂

十七文字の狩人＊目　次

十七文字の狩人

大関靖博

1章　式部再来——正木ゆう子『静かな水』

句集『静かな水』は正木ゆう子の第三句集である。作句時期は平成六年から平成十四年春までのあしかけ九年に及ぶものである。その間の二百九十六句が収録されている。ちなみに本書は二〇〇二年十月十七日に春秋社から刊行されている。

春の山どうも左右が逆らしい
あっそれはわたしのいのち烏瓜
だつて眠いどんどん芒原に入る
わたしにはわたしがついてゐる淑気《しゅっき》
もつときれいなはずの私と春の鴨

『静かな水』に流れる口語発想の天真爛漫な詠みぶりが、依然として健在なのは嬉しい限りである。これらの作品にみられる言い廻し自身が古典的殻を破って今日ただいま息を吸って吐いている生身の作者のつむぐ俳句として貴重である。これらの俳句は多分俳句をたしなんでいない人にもすんなり心に入ってくる俳句なのではなかろうか。ここにまず第一に正木ゆう子の感性のすばらしさを認めてしまうのである。表現に限定して考えてみるならば、〈あっそれはわたしのいのち烏瓜〉と〈わたしにはわたしがついてゐる淑気〉という二句を例にとると良く分るはずである。更には〈もつときれいなはずの私と春の鴨〉もそれに加わるであろう。この〈わたし（私）〉は話し手自身を指す語であり〈わたくし〉よりもくだけた表現であるが、一句におさまると本当に自然に作者の体温や息づかいがじかに伝わってくるような不思議な感覚をもたらしてくれるのである。こうした新鮮かつ斬新な表現を使用する一方で作者は極めて古典的な一人称の使い方にもたけているのである。

荒涼とわが机あり半夏生
便追の尾の見えてわが誕生日
冬滝の一滴をわが火種とす

引用の〈わが（我が・吾が）〉とは意味は〈わたくしの〉というものではあるがさきの作品の〈わたし〉と比較すればかなりの感覚の落差を認めることが可能である。一人称に関して言えばこの句集の中には〈やわらかいわたし〉と〈固い我（吾）〉が同居しているということなのである。ここで〈わたし〉の詮索をやめてさきの口語発想という問題にたちかえり作者の過去を思い出すことにしよう。

サイネリア咲くかしら咲くかしら水をやる
たんぽぽ咲きティッシュペーパーつぎつぎ湧く
胡桃割り鬼のハートを取りいだす

右の三句は第一句集『水晶体』の作品である。私の見解ではこれらの『水晶体』の作品群とさきの五句とは連続した感性の所産であると考える。これらに共通しているのは全く新しい感覚と鋭い断定と卓抜な比喩があいまってひとつの渾然一体となった世界を創造している点である。

ヒヤシンススイススステルススケルトン
童貞聖マリア無原罪の御孕りの祝日と歳時記に

『静かな水』の静かな雰囲気の中で右の二作品は異色の作品として目をひいてならない。第一句はカタカナによる表記や尻取り遊びの連結が特色である。第二句は一句の異常な長さとヨーロッパ的世界の展開が注目される。しかし私はこうした方法論や具体的作品はいわゆる前衛と称する作家達がすでに実践ずみであることを見てきている。例えば夏石番矢などの作品を探すことによってこうした作品に出会うことができるはずである。この句集の中での右の二句の意義は〈春の山〉他五句の作品群の世界と右の作品世界がこの句集の振幅の両極端を示しているという点に存在していると考えるものである。

かしづくや木霊をさなき欅苗
谷ふかく火を焚くしだれざくらかな
あたたかや背と腹とある松の幹
深井戸を柱とおもふ朧かな

米櫃の中をしづかに春逝けり

例えば『静かな水』の中に右の五句のような厳然と存在する古格にして風韻凜凜たる作品をいくらでもあげることができる。このように見て来ると正木ゆう子の内部に古典と現代をふまえた上での極めて振幅の大きなスケールの大きな創造者の姿が浮かびあがってくるはずなのである。

さてここで第一句集『水晶体』とこの『静かな水』の間に見られるいささかの変化を少しみてみよう。

クロールの夫と水にすれ違ふ　（『静かな水』）
泳ぎゆく君に藻のごとくからむ　（『水晶体』）
キーウイを切れば翡翠の宇宙なる　（『静かな水』）
食卓にキーウイ三個巣籠れり　（『水晶体』）

この二例をみると私は作者が二つの句集の間に肉感的・情緒的世界から霊的・宇宙感覚的世界へと広がりを見せている事を確認したような気になってしまう。換言すれば形而下より形而上への上昇をみてとってしまうのである。大袈裟に表現するならば小乗仏教的感覚主義から大乗仏教的調和主義への移行とも呼びたい変化なのである。このあたりの事はなかなか難しい問題であるが、ひとつのヒントとして〈翡翠の宇宙〉という曼陀羅的世界を思わせるキーワードをあげることができよう。

比較的最近の俳句においては、この「て」を切字として積極的に用いる傾向があるようです。現代俳句において新しく誕生した切字と言ってもよいように思えます。（中略）左のごとき作品です。

帯の上乳《ち》にこだはりて／扇さす　飯田蛇笏
獺《かはうそ》に灯《ひ》をぬすまれて／明易《あけやす》さ　久保田万太郎
谺《こだま》して／山ほととぎすほしいまま　杉田久女
端居《はしゐ》して／ただ居る父の恐ろしき　高野素十
藤垂れて／この世のものの老婆佇《た》つ　三橋鷹女

いずれの作品も「て」で一度切れて、予期せぬ世界が展開していることがおわかりいただけると思います。先の虚子の二句（著者注・牛立ちて二三歩あるく短き日・凄《つま》とりて独り静に羽子《はね》をつく）における「て」とは明らかに違いますね。仮に新切字と呼んでおきましょう。この「て」なら、皆さん大いに活用できそうですね。試みに昭和二十七年（一九五二）生まれの現在活躍中の俳人正木ゆう子の句集『静かな水』（春秋社、平成十四年）を繙《ひもと》いてみますと、このような「て」を用いた作品が少なくありません。その中から四句ほど挙げてみます。

祝はれて／近々とある百合の蘂《しべ》
しづかなる水は沈みて／夏の暮
色鳥を見て／屑籠《くづかご》をからつぽに
鶲《ひたき》来て／白墨のちひさき木箱

いずれの句の「て」も、虚子句の〈牛立ちて二三歩あるく短き日〉〈凄とりて独り静に羽子をつく〉

における「て」のようには、下にスムーズに繋《つな》がっていきませんね。「て」で切れているからです。「て」によって各々の作品が完結性や二重構造性や意味性を獲得しているのです。今日の俳句においては、この「て」を切字として認定してよいのではないでしょうか。

（『俳句実践講義』一二一頁―一二二頁）

復本一郎著『俳句実践講義』（岩波書店・平成十五年）において〈て〉を新しい切字として認定することが主張されている。この中で新しい切字〈て〉の名手として正木ゆう子があげられている。つまり正木ゆう子は現代俳句における俳句文体の改革者であることをこの復本一郎の文章から理解することができるのである。蛇足を加えるならば切字〈て〉において高浜虚子の用法は明らかに〈て〉の上下にある主語は同一物と認定することができるはずなのであり、正木ゆう子の〈て〉は〈て〉の上下の事物・景物が別のものへと飛躍をとげているのである。例えば高浜虚子の〈牛立ちて二三歩あるく短き日〉において、〈立つ〉ものは〈牛〉であり、〈二三歩あるく〉のも〈牛〉なのであると解釈できるのである。もっとも〈牛が立って〉そして虚子自身が〈二三歩あるきだす〉と言いだすと大変厄介なことになる。とりあえず復本一郎は高浜虚子の〈て〉は論理進行の連続の〈て〉として考えており、正木ゆう子の〈て〉は論理進行の切断である、と解釈することができそうである。ここではこのように割り切って考えることとする。但しこの〈て〉は以前から大変に厄介な論争を含んでいることが思い出される。芭蕉の『奥の細道』における蘆野の里の遊行柳の一句である。〈田一枚植ゑて立ち去る柳かな〉の作品である。少なくとも〈植ゑる〉の主語と〈立ち去る〉の主語の解釈は高校生レベルにおいても三例が想定されている。①どちらも早乙女。②〈植ゑる〉のは早乙女で〈立ち去る〉のは〈芭蕉〉。③どちらも芭蕉で心象風景とみる。更に加えてどちらも〈柳の霊〉であると主張する人も存在している。いずれにしても古来より難しい〈て〉の現代の使い手の名人として復本一郎は正木ゆう子の名をあげているのだ。

変わったところでは、

靴ひもを強くむすべばせみの声

というのがありました。経営学部のN・F君の作品です。ひょっとしたらN・F君は、切字を使うことを諦めてこの作品を提出したのかもしれませんが、この句の「ば」、は切字として作用していますす。芭蕉が言うところの「切字に用《もちふ》る時は、四十八字、皆切字也《なり》」の範疇《はんちゅう》の切字と見做《みな》してよいように思われますが、いかがでしょうか。「靴ひもを強くむすべば」の上五中七文字と「せみの声」の下五字とは、直接的な関係はありませんが、「むすべば」の「ば」によって、一句は完結性と二重構造性と意味性を獲得しているように思います。評価はAで、注意事項はありません。この「ば」も、切字「て」と同様、現代の切字、新切字と認定してよいように思います。現代の俳人正木ゆう子の句集『静かな水』を繙きますと、やはり、

雪の夜の刃物を持てば若がへる

薄々と筆を下ろせば冬の海

と、N・F君と同様の「ば」を用いての作品がありました。後句の「冬の海」は、硯の水を入れる

部分と解するよりも、文字通りの「冬の海」と理解したほうが、一句として飛躍があり、面白いように思われます。正木ゆう子は専門俳人。と思えば、N・F君の作品、なかなかですよね。

（『俳句実践講義』一三八頁—一三九頁）

さきほども引用した『俳句実践講義』は復本一郎が神奈川大学で平成五年より開講した実際の授業〈俳句研究〉というクラスの実践記録を書物にしたものである。従って対象は主として大学生の若者ということになる。こうした若者に対して最もすばらしい生きた教材を正木ゆう子は提供しているのである。復本一郎は正木ゆう子以外の現存する俳句作家をこのように引用していることはない。

水の地球すこしはなれて春の月
身の奥に湯のぬくみある藤月夜
水うすくゆきわたりたる桐の花
しづかなる水は沈みて夏の暮
木をのぼる水こそ清し夏の月
脳下垂体涼し水音聞きをれば
海底に海の重たき曼珠沙華
とどまれる波の頂初昔
雪に雪載つて大きな牡丹雪

やがてわが真中を通る雪解川

句集名『静かな水』が象徴するようにこの句集における液体感覚は重要なものとなっている。しかしこの液体感覚は『水晶体』から一貫した重要性を保持しているのである。従って正木ゆう子の一大テーマをなすものであり本稿では若干の名作を例示するにとどめたい。

実紫わが詩も小さく円かなれ

紫式部の実に託しての作者の思いは謙虚の一語に尽きる。思えば〈やま路来てなにやらゆかしすみれ草〉の芭蕉美学に通じよう。俳壇の絶頂を極めた作者にしてこの謙虚さである。紫式部と和泉式部がひとりとなって現代にあらわれた詩人こそ正木ゆう子という気がする。

2章　比喩の狩人——林　菊枝『遠い町』

句集『遠い町』は林菊枝の第一句集である。作品は平成元年から平成八年に至る八年間のもので制作年代順の配列となっている。本著は平成十年七月一日発行であり、富士見書房よりの上木である。

西瓜太郎とび出しさうな西瓜買ふ
火事跡の貼紙にある遠い町
ヘッドライトに枯蓮の亡者たち
遠火事を夢のつづきのやうに見る
能を舞ふやうに解かれて鶴の凍

『遠い町』の中から群をぬいて卓抜な着想の作品を選ぶとすれば、右の五句などそうした傾向の白眉をなす句であると思う。これほどのすぐれた作品を前にしてしまうと、〈詩人は故郷では歓迎されない〉という銘言を思い出さざるを得ないところである。一般論としてすぐれた作品が人知れず菫のように咲くのもよいが、こうした状況は作者と読者にとって不幸なものであると言わざるを得まい。

第一句はおとぎ話の桃から生れた桃太郎の話を西瓜に置き換えた。いかにもあの大きくまるまると太った丸い西瓜の中には実は西瓜太郎がいるのだという、意表をついておりながら、なるほどと納得させるところがあり、林菊枝の大胆な着想に読者は舌を巻きながらも、思わずニコリとしてしまうのではなかろうか。二句目は句集名ともなった名作である。ここでは〈貼紙にある遠い町〉という簡潔にして大きな意味をもつ表現が普通の発想ではなかなかでてこない非凡なものとなっている。この表現を得てはじめて十七文字の世界に極めて豊かな表現世界を現出することに成功したのである。作者が知りあいの人の火事にあった現場にかけつけて事実を冷徹な目で十七字に収斂させたものである。たった一枚だけ残された貼紙の構築する人間の営みとその哀感がひしひしと読者に伝わってくる。たった一枚の紙切れが人々の心に大きな意味をもつというその不思議も場面設定のすばらしい作者の才能であることは疑いの余地のないところである。三句目はヘッドライトという現代的素材に〈枯蓮の亡者〉を配しおどろおどろしい世界を現出させた。五句目では夢幻能の美しく妖しく哀しい情感をただよわせるのに成功している。

仔猫三匹白黒と白と黒
夏痩せて一本足で立つてみる
木犀の息苦しくて子を許す
冬瓜の腑抜の味を供へけり
ピンぼけ写真大綿のせゐにする
覗きたくなる栗飯の蒸らしどき

どてら夫背広夫との差のをかし
ぽあぽあのコアラになれる耳袋
寒雀空気たつぷり着てをりぬ
破れ傘十もひらけば降り出しぬ

『遠い町』にはユーモアの作品が沢山ある。このユーモアとは生きとし生けるものを厳しい環境の中でやさしくみつめる作品のゆとりあるまなざしであり好奇心である。一句目の仔猫の作品から俳人でありグラフィック・アーティストである山口方眼子氏は絵画作品へのインスピレーションを得たそうである。その作品は一九九九年九月四日から十月十日まで日本現代詩歌文学館に展示されていた。その展覧会の名称は「日独ヴィジュアル・ポエトリィ展」というもので、方眼子氏の作品には〈仔猫三匹白黒と白と黒〉の独訳の詩が付されていたものである。方眼子氏は仔猫の作品のクールでドライで即物的な所に感銘されて、高野素十をしのぐ即物の極点に達した作品と激賞されている。こうした視点を含めて右の作品群にただようユーモアに〈西瓜太郎とび出しさうな西瓜買ふ〉との連続性を私は感じてしまう。いわばこの上品なユーモアは生命への深い愛情を感じさせるもので、ぽあぽあのコアラや九句目の寒雀の句などを読んでいただければ、私の言葉が嘘でない事を納得してもらえるのではなかろうか。加えて〈どてら夫背広夫との差のをかし〉の句に御主人に対する愛情がそこはかとなく微笑とともに感じられるであろう。更に又〈夏痩せて一本足で立つてみる〉や〈覗きたくなる栗飯の蒸らしどき〉等に作者のおちゃめな好奇心の旺盛さをみとめることが可能である。そして恐らく親族に対する深い愛情もユーモアをまじえて示されているのである。〈木犀の息苦しくて子を許す〉や〈冬瓜の腑抜の味を供へけり〉の作品には親の子に対する愛情や先祖に対するつつしみ深い情がいささかのユーモアの心とともに示されているのを感じとるのである。

白魚の瞳のほろほろと売られけり
蛇の髯のなかの蜥蜴のたまごかな
蓑虫の糸たぐりゐる嵐まへ
万葉の虫にひとつぶづつの露
掃き残すものに師走のかたつむり
乗込みの鮒やさわぎを盥まで
あす乾く水かも知れず蝌蚪の紐
ひとゆすりして蜘蛛の囲の仕上げらる
ありまきのよつてたかつて接木瘤
春分の孵卵器のなかにぎはへり

虫や魚や鳥などの小動物への作者のやさしいまなざしは、引用の作品に至り更なる広がりをみせることになる。このときの作者の目は大変に敏感なものとなっている。例えばスーパーか鮮魚店で売られている白魚に対して、作者は白魚の瞳を命そのものとしてじっとみつめているのである。白魚の哀れと人間の営みとをしっかりと見据えて一句に定着するのである。七句目の〈あす乾く水かも知れず蝌蚪の紐〉においては、蛙の卵の未来を心配する作者のこころの不安が浮かびでてくる。もし明日この水がなくなってしまえば、蝌蚪の紐に秘められた何十何百何千の蛙の命もまたなくなってしまうことを真剣に作者は危惧してやまないのである。十句目の〈春分の孵卵器のなかにぎはへり〉ではさきの句とは正反対に、孵卵器の中でかえされたヒヨコのにぎわいをことほいでいるかのようである。人工的に生れたとはいえヒヨコのピヨピヨという鳴き声がまるで生命の季節の到来のようである。

きのふ撃ちし羽根つけてゐる冬帽子
菰巻に籠るいのちの焚かれけり
蛇とその餌なるものの穴を出づ
巣燕のいのちまるまる見ゆる口
軸脚の鋼となりて鶴凍つる
裏になり表になりて蟬掃かる
死ぬちからなく冬蝶のひげ揺るる
雨つぶに似てでで虫の生れたて
稚魚とまだ言へぬ微塵を春の水
蟄虫の墓標とおもふ霜柱

これらの作品にいたり作者の〈いのちをみつめる目〉が鮮鋭を極めているように感じられる。一句目の〈きのふ撃ちし羽根つけてゐる冬帽子〉では、冬帽子を飾っている美しい模様の羽根は、実は昨日まで生きていた鳥の羽根であるのだ。従ってこの句はさきにみた〈あす乾く水かも知れず蝌蚪の紐〉における蓋然性への不安から更に一歩ふみこんで、すでにして過去の鳥の死という事実の報告となっているのだ。ここに冬帽子の作品の恐ろしさが存在するのである。二句目も同様である。菰巻とは本来雪などから木を守るための藪巻の傍題となっている。この場合の菰巻は松などに巻いてそこに宿る害虫を焼いて駆除するものと思われる。作者はこうした焼かれる害虫のいのちに視線を注いでいるのである。七句目の〈死ぬちからなく冬蝶のひげ揺るる〉では、ある種の霜烈な感覚が一層強化されているようである。死ぬちからさえもない冬蝶のありさまが、〈ひげ揺るる〉で活写されている。

雫してあぢさゐの芽の乳首ほど
街ぐるみ水底となるサングラス
初蝶が芝居の蝶のうごきせり
太刀魚を一振りもらふ朝日かな
鈴の音のしさうな稲架の落花生

冒頭で句集『遠い町』のなみはずれた卓越した着想のよろしさに言及したが、更に細部における比喩の斬新さを示す作品として右の五句をあげることができよう。一句目の〈あぢさゐ〉の芽を〈乳首〉と把握した目は、形象にもとづいた比喩と思わせる。しかしやがて房をなして咲く〈あぢさゐ〉の花を思えば、その量感や肌合いまでをも想像させることができるであろう。ここで作者のイマジネーションを思えば、〈あぢさゐ〉の芽としか言っていない段階で、すでにして将来の〈あぢさゐ〉の花のことまで先回りしているところがしたたかなところであると思う。二句目ではサングラスを通して見た街が水に沈んでしまうところが感性として鋭敏であるといえよう。三句目の〈初蝶が芝居の蝶のうごきせり〉はとても面白いところをとらえている。歌舞伎の芝居などで蝶がでてくるが、非常に大袈裟な飛び方をしてわざとらしく、それがかえって棒の先で飛んでいることを思わせない錯覚を起こさせる。こうしたぎこちない飛び方を作者は眼の前の初蝶の中に発見したのである。四句目は、太刀魚を〈一振り〉ととらえたのである。ここで下五の〈朝日かな〉と連続する所では〈一振り〉はなかなか効果的な比喩であると思う。五句目はなかなかお洒落な表現である。落花生の殻の中で豆が鈴の音をたてそうだと思っている作者の耳は詩人そのものである。

花と死の文字どこか似て曼珠沙華
涼の字に京と水ある川床料理
ひつそりとひらきて狂ひ花といふ

これらの三句は文字や音韻に敏感な作者の個性が遺憾無く発揮されているものである。〈花〉と〈死〉の文字の形象の類似に気がつく作者の鋭い感性がひかり、更に季語の〈曼珠沙華〉でその発見を結びつける構成力はすばらしいと思う。又〈涼〉の文字に〈京〉と〈水〉を発見して京の川床料理と結びつけるウイットも楽しいものである。三句目の同音反復はすぐれたものである。〈ひつそりとひらきて狂ひ花といふ〉の中でしるしをつけた同音と類音の反復は一句の中の主調音をなして響いている。

捩花の先端咲かずじまひなり
橋脚に稚魚すきとほる彼岸寒
くぬぎの斑かすかに残し炭の尉
すずめのてつぱう砲身の勢ぞろひ
百本の脚の千貫神輿かな
朝顔に明日咲くよぢれありにけり
括られしままの藁灰十二月
敷藁を割る芍薬の芽の真赤
葉脈の数だけちぎれ枯芭蕉
草の根に氷残して水引きぬ

作者の比喩の卓抜さは単に頭の中で作られたものではない。大変地道な現実のスケッチの積み重ねの上に成立したものなのである。そうした作者の方法論を知る上で右に引用した実直な写生の眼のきいた作品群は貴重である。

直に着てセーターに情うつりけり
花魁てふ色白の藷母の世に
なかなかまど死に上手とは燃えつきて

死後の景とも水走る崩簗

作者の本音が聞こえてくるこれらの作品は、作者の心境の深まりを見せて骨太の詩精神の持ち主であることを証明している。

仕立上りの甚平を病衣とす

茶の花の蘂をまぶしむ恙あり

蟄虫の墓標とおもふ霜柱

十二月八日日めくりに動かぬ蝿

みまかりぬ蛇口に踊る冬苺

冬菊や柩の舟はひとり乗

葱きざむ夫あるときも亡きあとも

ポインセチア夫逝きてより雨降らず

ゆりかもめ杭ゆりかもめ杭あぶれをり

生身なれば枯芒にも傷つきて

枕均らして雪積む音を聞いてをり

句集最後は御主人の逝去の作品群である。〈形代の夫と隙なく重なれり〉の作品をなした作者にとって悲愁いかばかりか計りしれない。しかし作者はあとがきにおいて〈今後も俳句を分身として愛しつづけてゆくつもりでございます〉と結んでおられる。『遠い町』は確固たる生活と方法論の上に立つ人生の厳しさを秘めた花なのである。

3章　内気なダンディー――潮　仲人『無用の木』

句集『無用の木』は潮仲人の第一句集をなすもので朝日新聞社発行であり、奥付は二〇〇二年九月三十日の日付けとなっている。元号で言えば平成十四年にあたり本句集は〈俳句朝日叢書㊹〉として収められている。

蓑虫や父系にありし人見知り

著者の生真面目な一本気は心情をストレートに出すことをためらう性格をあわせ持っているようだ。こうした性格から現実から一歩引いて冷静な大人の視線となり独自のユーモアの世界を形成しているのではあるまいか。昭和十三年生れの世代の美学と父君の血筋とあいまってやや内向的な間接表現への志向を深めていったのであろうと推測してしまうのである。従って俳句において自分を第三者に置いて冷静なまなざしをも養っていったものであろう。だから真摯な姿勢は崩れたりぼかしやはぐらかしとは無縁なものでもあるはずなのだ。その結果なにより作者が置かれたその場その時を精一杯誠実に生きてきた真実が俳句形式において純粋な真情となって人の心を打ってやまないのだと推測してしまう。

死に際に力つかひて秋の蟬
このまんま羽化するも佳し白地着て
しゃぼん玉来世の彩のすぐ弾け
死はつねにひとりに来たり紅椿
寝酒して死後の評価を気にしたり
蟬の死や遷化といふもかくかろし
脇役の訃報わびすけ散るごとし

死のさびしさは紅椿の燃える火の色に象徴させるわけであるが、あるいは紅椿はみずからを浄める業火の炎を象徴しているのかもしれない。ここで更に〈秋の蟬〉・〈蟬の死〉・〈脇役の訃報〉等ではそれぞれの死の尊厳を思うと眼前の存在のはかなさは認めざるをえないのだ。しかし作者のまなざしは更に深淵の底まで届いてゆくようである。このあたりの事は〈白地着て〉と〈しゃぼん玉〉の作品のあまりにも美しすぎる作品の中にかなり明確に示現されているように感じられてならない。つまり作者は人間としてある種の悟りを開いたのではなかろうか。そのことをこれらの作品は物語っているように思われるのである。

水中花叶はぬ愛の朽ちられず
逃げ水や恋の手管のいくとほり

三鬼の忌奇妙に甘き強精酒
瓢買ふ出張先のできごころ
怪しげなかたちの甘藷見せにくる
不覚にも妻の夢見て明易し
恋仲のうしろより見る涅槃絵図
大蒜《にんにく》を神の留守とてはばからず
女来てたちまち茶房おぼろ濃し

いうなればラブソング風の作品がこれらのものであるが、とりわけ〈不覚にも妻の夢見て明易し〉にはあてられてしまうであろう。作者は〈不覚にも〉などとぬけぬけと言ってはいるがこの〈不覚〉は〈思わず知らず夢にでてくるほど深い愛〉を逆説的に表現しているのである。加えて〈瓢〉や〈甘藷〉に象徴された作者のかすかな艶なる心が読み取れて微妙な心情のゆらめきを感じることができるのである。

恋も死も同じ顔して雪女

この作品はある意味では〈雪女〉の無表情にみえる恐ろしさを示してもいるわけであるが、更に一般化すれば〈恋も死も同じ〉というある種の人間の心理をも言いあてているものとも解されるであろう。例えば戦場の兵士が明日をも知れぬ命を恋に燃やすというひとつの小説のテーマのようなものに示されているような内容なのである。このあたりのことを熟知している作者にしてはじめて〈このまんま羽化するも佳し白地着て〉〈恋仲のうしろより見る涅槃絵図〉が結びつきを深めてゆくのであると言えよう。

恋猫の弱気な背中見てしまふ
猫と目が合ひてしんそこ湯ざめせり
恋猫と素知らぬ顔で行きちがふ
いざこざのあと猫と寝る三鬼の忌

私は猫を主題としたこの四つの作品の中に猫に気を払う作者と作者の茶目っけを認めて微笑を禁じ得ない。〈恋猫の弱気な背中見てしまふ〉の中には恋猫の弱気を励ましてやりたいようなあるいはある日ある時の弱気な作者を思い出してじれったいような気分になっているのかもしれない。私は作者の弱気な猫に対する思いやりの気持ちを思うとどうしても小林一茶の〈痩蛙まけるな一茶是に有〉という一句が思い浮かんできてならない。こうした作者の猫に対する思い入れは、〈猫と目が合ひてしんそこ湯ざめせり〉という猫に対する愛情へと変わってゆくのである。作者の視線は風呂あがりのぽかぽかした体が冷えてゆくことも忘れて一匹の猫に釘付けになるのである。猫と作者のこの時の心理のやりとりは細かなことは分らないにせよ、作者の猫への愛情は手にとるようによく分るのである。しんそこ湯ざめするほど猫を凝視するかと思うと〈恋猫と素知らぬ顔で行きちがふ〉ような色恋沙汰には不粋なことは避ける作者なのでもある。この句には円熟した作者の大人ぶりを非常にはっきりとうかがうことができるであろう。とは言いながらも微笑をかみころしていた読者は〈いざこざのあと猫と寝る三鬼の忌〉に至って思わずふっと笑いだしてしまうに相違ない。私はこの〈いざこざ〉は愛妻とのいざこざであると独断してしまいたい。であればこそこの三鬼の忌が生きてくるのであると思う。西東三鬼の忌日は他でもない四月一日、エイプリルフールの日なのである。〈三鬼の忌奇妙に甘き強精酒〉を作った作者であってみれば〈いざこざのあと猫と寝る三鬼の忌〉にまさにユーモアの達人潮仲人の真骨頂を読みとることができるであろう。

蟷螂とどこか似てきて枯れ兆す
水中花老いざる無慙ありにけり
よく笑ふ家族に飼はれ羽抜鶏
三伏や酷使といへば中華鍋
寒鯉のをとこざかりが割かれをり
冬瓜の真面目なかたち選びをり
夕暮れて働きすぎの水すまし

猫の作品とやや類似しているが、作者は対象物を自分の身にひきつけて本気になって見つめる時があるようだ。そのような場合の作品が引用の句であると思う。たとえば〈蟷螂とどこか似てきて枯れ兆す〉の句にはおとぼけの作者が普段は見せない側面を示しているように思う。しかも作者はきらわれ者の〈蟷螂〉に関して〈枯かまきり吉良殿ほどは憎まれず〉という句を更に作っているのである。

おっとりとおだやかに見える作者も生きてゆく上では常にいい人でいるばかりではないのである。こういう事情は〈敵ばかり作りたる日の冬着脱ぐ〉とか〈冬落暉債鬼となりて座りたる〉という句を読めばなるほどと納得がゆくであろう。温厚な作者もまた生きてゆく上では鬼ともなるということなのである。しかしながら〈冬瓜の真面目なかたち選びをり〉に至り〈怪しげなかたちの甘藷見せにくる〉の時とはうって変った本当に真面目な顔を作者の中に発見することができよう。作者はいつとはなしに〈冬瓜〉を選ぶときでさえも思わず自分に似た〈真面目なかたち〉を選んでしまうのである。〈三伏や酷使といへば中華鍋〉や〈夕暮れて働きすぎの水すまし〉の作品では厳しい仕事に明け暮れる自己の身と対比させている。作者は〈中華鍋〉という物に対してさえも酷使されて耐えている姿に心を払ってやまないのだ。もちろん昆虫である命をもつ〈水すまし〉であればこの気持は更に深くなるであろう。

髪あらふあたま無骨にありにけり
にんげんのあたま重たしプール出て
かき氷旧きあたまに響きけり
風船を吹けば大脳霞みたり
脳細胞ひとつ失ふ大くさめ
冬帽を脱げば律儀な頭あり
怠けたき頭のありて陶枕

沈丁花頭もやもやして通る

自分の肉体の一部である〈頭・脳〉に対する思いいれもこの句集の中では割合に多いように感じられる。これ等の作品の中にはある種の作者の感慨がみられるのであるが、いずれもその感慨が観念的なものではなく実感に即して作られていることにより作品が生き生きとしたものとなっている。プールを出てつくづく〈にんげんのあたま〉の重さを感じるのは浮力のなくなった頭の重さそのものであろうし、かき氷を食べた時のあのキーンと鳴るような感覚を〈旧きあたまに響きけり〉と表現してなにげなく自分の気持を加える配慮もおこたっていないのである。このように風船・大くさめ・冬帽・陶枕・沈丁花いずれも季語なのであるが極めて鋭い感覚で〈頭・脳〉との関係を処理していることがよく分るのである。このあたりには作者の俳句に対する鋭い感覚が遺憾無く発揮されている事を知りその才能ぶりに感嘆するばかりである。

ひと嫌ひふらここにきて始まりぬ
柚子湯出てすこし美男のつもりなり
蓑虫や身ほとり捨つるものばかり
麨に晩節すこし汚しけり
目刺噛み男いよいよ無口なり
水洟や善人ときにうとましき

正装でゐて枇杷種の吐きどころ
股引を穿かぬ美学を言ひはれり
甚平を愛して主役とはなれず
堅物のまはりが空いて年忘れ
蓑虫の揺れて遁世かく軽し
ごきぶりをひとりの夜は追はずをり

こうした作品群をみつめているといつもは人あたりのやさしい柔軟で柔和なまなざしの潮仲人の中にきっちりとした男の美学というべきものが芯となって貫ぬかれていることを知るのである。この男の美学は〈戦争も壮年も過ぎ男郎花〉という筋金入りの確固たる作者の矜持ともいうべきものであるはずなのだ。この世に生きる上での「無一物」の決意が蓑虫に仮託されているのであろうし、実は精神的貴族として隠者への思いいれも〈蓑虫の揺れて遁世かく軽し〉といいながらこれまた蓑虫への仮託となっているのである。更には麨・目刺・股引・甚平等といった季語の中に作者の限りない男の美学をこめているのである。

遠近法なき世はよけれ涅槃絵図
河豚食うて国の行く末など知らず
湯のなかの臍歪みをり敗戦日

乱世の古暦なりよく燃えし
蟻ばかり殖えて哲学衰へし
中流の下の顔で買ふシクラメン
酔ふほどに正義派増えて十二月
湯ざめしてこの世ますます狭くせり
批評家になるは夏服脱いでより

昭和十三年生まれの作者の社会派の視線が明確な作品群である。作者は明らかに俳句で諷喩している。これらの作品をみると〈詩人の賦せし諷喩の詞、げにもと思ひ知られたり〉（『太平記』(39)）という言葉がまだまだ生きているものと思い知らされるのである。

ありふれた村が故郷で木守柿
洛外に棲む夢すこし春の雪

潮仲人の生地は京都である。生地である京都の風はどこか品位を失わぬ美学となって身についているのであろう。〈裸木の見せし無用の力瘤〉・〈寒卵粥に落とせしほどの幸〉・〈欠伸して春の泪のやはらかし〉の三句は更に言い落とせぬすばらしい仲人俳句である。世の中の酸いも甘いも噛み分けたダンディーの世界こそ仲人俳句なのだ。

4章　星彩煌煌――大木あまり『火球』

句集『火球《かきゅう》』は大木あまりの第四句集である。本句集は平成五年（一九九三年）から平成十二年（二〇〇〇年）までの七年間の作品四百六句が収められている。本著はふらんす堂より二〇〇一年二月二日に出版されている。〈火球〉とは広辞苑によれば〈特に明るく大きな流星。時に音を発し、しばらく尾を残すものがある。〉ということである。〈火球〉というと何となく字づらから〈火の玉〉といったイメージが湧いて〈火〉という印象が強く感じられる。この『火球』の命名に関しては著者の後記にその気持が託されているように思われる。

子供の頃、星の好きな私に母は「流れ星を見たら、願いごとを三度唱えてごらんなさい、きっとかなうから」と教えてくれた。
花や鳥や風とともに季節の移ろいを知らせてくれる星たち、ことに私は、流星に心ひかれる。それで、句集名を『火球』とした。火球とは、明るい流星という意である。

このように著者は流星に対する思いを句集名としたのである。句集名の〈火球〉に想起される火のイメージを考えると本句集中とりあえず〈火〉の文字が織り込まれている作品に注目されることである。

火に投げし鶏頭根ごと立ちあがる
雀りたる羽はふりこむ焚火かな
あかき火となりゆく藁や昼の虫
火を乗せし菊に生気の寒暮かな
なにもかも晴れて冬至の火消壺
太陽へ灰をとばしてどんどかな
注連焚くや鷗は腕をゆるめつつ
火にぬれて干鱈の匂ふ夕べかな
小鳥くる火箸の丈をいとしめば
火のなかのものよく見えてちちろ虫

冒頭の〈火に投げし鶏頭根ごと立ちあがる〉は句集中の白眉のひとつと確信できる。まず作者の眼力の鋭さ恐ろしさを思わせる。このある種の〈凄み〉は極めて大きな迫力を持って読者にせまってくるであろう。この作品の解釈は眼前の景色として捉えれば良いわけでその景色は極めて印象明瞭なものである。又イメージとして考えても可能な景色である。そしてその〈凄み〉は加藤楸邨の〈火の奥に牡丹崩るるさまを見つ〉（『火の記憶』）の昭和二十年五月二十三日のB29の東京空襲の際の作品に比肩するものであろう。まさに大木あまりはこの作品をもって『火球』の著者として人々の記憶に残るのかもしれない。この作品を追うかのように作者は焚火に雀った鳥の羽根をほうりこんだり、菊を焚いたりするのである。著者の火中のものを見る眼力は〈火のなかのものよく見えてちちろ虫〉なのである。恐ろしい眼力である。しかし作者の眼力は燃えさかる炎を見つめるドラマチックな景ばかり注目するわけではない。〈あかき火となりゆく藁や昼の虫〉といったたいへん微妙かつ繊細な視線をもそなえているのである。実に炎の作家の登場ともいうべき『火球』の一巻である。

露けさの猫抱き聖女くづれかな
対岸の日向を歩く猫の恋
微震ある日本列島猫の恋
恋猫や世界を敵にまはしても
膝にくる恋猫にして眇かな
菜の花や猫の柩は布一枚
猫の尾の足にまつはる春の蕗
猫走り出て括り萩括り菊

大木あまりはみずから庵号（亭号？）を「猫眠亭」と名のっている。呑気に猫が何の心配もなく安眠できる平和な家といった含意をもつのであろう。恐らく著者は猫好きであろうと推察できる。何しろ猫眠亭と名のるほどなのである。これ等の猫の作品からも作者の特色が滲みでてくるのでなかろうか。〈露けさの猫抱き聖女くづれかな〉の作品をみると竹久夢二の大正ロマンチシズムの画題やフジタツグハルなどが思い浮かんでくる。例えばイギリス中世の西暦千二百年頃に書かれた修道女の戒律の中に修道女は猫をかわいがりすぎてはいけないなどといったものもあったような気がする。いずれにしてもかつて聖女をめざした女性が毛なみもつやつやした露けさの猫を抱いている姿がこの句には描かれている。修道女となれず神と別れた女性の愛するものが他ならぬ猫だったわけである。猫の象徴性も感じられる佳句である。又〈恋猫や世界を敵にまはしても〉は作者の恋愛至上主義が高らかに歌われてもいよう。恋する人のためには全世界を敵にまわしても後悔はしないという古典的な恋情の吐露を恋猫に仮託して述べているのである。加えて〈菜の花や猫の柩は布一枚〉といういかにも無情な作品も存在している。この作品はただ単に猫を溺愛するのにとどまらず猫の末路をもリアリズムの眼をもって表現しているのである。作者の冷徹さは又愛情の深さゆえともいえるのである。

蟬よりも生き長らへて蟬の殻
雨やみしのちのかなかなしぐれかな
みんみんやこんこん眠る艶ぼくろ
空蟬のすぐに火となる秋炉かな
爽涼の離ればなれの蟬の穴
つかまれし蟬が声あげいぼむしり

蟬の作品も大木あまりの世界の幅を広げるものといえよう。〈蟬よりも生き長らへて蟬の殻〉の作品にはすぐれた作者の物の本質を見抜く眼力がうかがえる。蟬は脱皮というそれまでの殻を破って無限の空の世界へ飛び立つのであるが、そこに脱いだいわば蟬を自縄自縛する元凶の蟬の殻が実ははかない生き身の蟬よりも長命を保ってゆくという現実を述べるのである。ここにはある種の霊魂不滅の感覚をも漂わせているおもむきがある。このようなみようによっては蟬の身の本体よりも長い命を保つ蟬の殻も〈空蟬のすぐに火となる秋炉かな〉に至ってそのはかなさが強調されることになる。従って蟬の作品群はほのかな作者の死生観をものぞかせているように感じられてくるのである。

白桃にくれなゐの種耕衣亡し
攝津幸彦春月の番してをらむ
流木にまだ潮の香や源義忌
咲き継いでのうぜんあかき子規忌かな

いわゆるこれらの忌日俳句には著者の直接・間接に影響を受けた人々の固有名詞が与えられている。永田耕衣・攝津幸彦・角川源義・正岡子規といった人物が大木あまりの人間形成・俳句形成に重大な影響を与えたのであろう。こうした内心の出来事を俳句の中で告白するというのは作家として人間としてそれ相当の覚悟を必要としたと推測するのは容易である。一例を示せば本句集の著者略歴に〈一九七一年『河』入会、角川源義先生の指導を受く。〉とあって、著者が俳句の導入・入門を角川源義を通じて実現した事が知れるのである。著者三十歳のみぎりであった。作品中の固有名詞は皆俳人である。四人もの私淑できる俳人を持ったことはある意味で幸福なことであろうし、又作者の自由な心の相を映しだすものであろう。

蘆の角死に打ちどめのなかりけり
生きるのがいやなら海胆にでもおなり
亡き人にあたらぬやうに豆を撒く
わが柩春の真竹で作るべし

既に述べた著者の死生観はこれらの句にかなりはっきり示されている。〈亡き人にあたらぬやうに豆を撒く〉において〈亡き人〉はすべて福を与えてくれる人々であり、豆を撒いて退散を図る鬼神はいないというのである。作者の亡き人々への心情のやさしさが伝わってくる作品である。他の三句もはっきりと世界に向きあっている作者の姿勢がみてとれるであろう。

赤ん坊の爪の伸びるも雁の頃
目を入れて亡き子に似たる雪兎
君よりも初蝶と息あつてゐる
霜の花いつもあなたの末子です
夫のもの高く干したり霜の花
刃物研ぐ夫のうしろ蟇

著者自身の私事をかすかに知ることのできる作品も僅かながら存在している。とりわけ〈目を入れて亡き子に似たる雪兎〉は大変いたましい心が惻惻と伝わってくる。更に夫君の作品二句も作者を知る上でなかなか貴重なものという気がしてくる。

白桃に風くる父の詩集かな

この作品には〈父の詩集復刻さる〉という前書がある。御尊父は他ならぬ白秋門の俊秀の詩人大木惇《あつ》夫である。復刻される詩集に著者の父に対する感慨はいかばかりか想像に難くない。父君への思いは深いのである。

マフラーのあづけものあり父の墓
父の日の遠き一樹の青ほむら
花を見て幹の瘤みて父の国
父の忌の海の上なる星座かな
父の日のうしろに馬の匂ひかな
父の忌の噴井の底のうすあかり

尊父の追憶の作品群にことごとく著者の詩性が息づいているのは、尊父の詩人の系譜をひきついでいるからであろうか。殊に〈父の日の遠き一樹の青ほむら〉の作品は〈父の日〉という普遍性をそなえてはいるもののやはり著者の父上への思いが如実に述べられているようであくまでも美しいのである。この場合の〈ほむら〉は〈火群〉であり〈焰・炎〉であろう。従って著者にとって遠くにある大木である一樹がみどり色の炎のように生命を謳歌している日こそが父の日なのである。

野水仙破船を母と見し日あり

初雁やたんと生きたと母の言ふ

きさらぎや母に見せたき小倉山

母・危篤

冬苺その一粒を食べ余し

葬儀二句

着ぶくれて人の涙を見てをりぬ

短日の素手で取りたき母の骨

尊母の作品も美しく悲しい。これらの作品より本句集の時代に尊母がなくなられたことを知ることができる。御両親を失われた著者の声は本句集に低唱となってあまねく響いている。次の句に至って絶唱となる。

父はは の昭和も過ぎぬ蕗のたう

病む母は父の名を呼ぶ龍の玉

5章　柳緑の粋な街――中根喜與子『陰祭』

句集『陰祭』は中根喜與子の第一句集で一九九四年（平成六年）二月十五日にふらんす堂より上木されている。『陰祭』には昭和五十五年より平成四年に至る十二年間にわたる作品が収められている。

川風のほどよきにあり神輿庫
三好一丁目僧のかつぎて荒神輿
午後からは雨あがりさう遠囃子
清洲橋はだし渡りの荒神輿
ひと仕事残し祭の灯にまぎる

この句集では祭の句があるが、いわゆる勇壮な男のまつりといった趣はさほど感じられない。しっとりとしみじみとした、日常の中の年中行事として定着しているようである。そしてこうした祭の雰囲気も又なかなか良いものであると感じられてくる。きめ細かい深い情趣も祭の持つひとつの味わいであることを教えてくれるのである。

陰祭赤きはな緒のふだん履き

句集の題名となった〈陰祭〉の作品である。〈陰祭〉とは〈本祭を隔年に行うとき、本祭のない年に行う小祭。正式の儀式を省略した質素・簡略な祭礼。〉（広辞苑）という。いまどき下駄の事を言われても余りピンと来ない人も多いかもしれない。かつては下駄も大切に扱われていたのである。例えば〈はな緒〉は新年やお祭等の節目の時におしゃれでいろいろな好みの〈はな緒〉にすげかえたものなのである。現在では考えられない庶民のぜいたくでありファッションでもあったであろう。そうした質素ではあるがささやかな心のぜいたくが〈はな緒〉にはこめられているのである。だから〈赤きはな緒のふだん履き〉がいかにも下町のおしゃれでいなせな趣味であり、〈陰祭〉の生活者の目がきいているかが分ってくるのである。まさに句集の『陰祭』の世界が、著者のさまざまな側面を輝かせながらこの句集名に象徴されているのである。

祭好きの祭のさ中逝きにけり
喪服着て神輿通りを横切れり

あざやかな明暗の対比がなされたこれらの作品に、作者の思いは深く、ペーソスの色彩が濃厚に反映されている。こうしたひとすじ縄ではゆかない世の中を作者はやさしいまなざしで、そして少しさめた目で、いささかの諦念の気持をまじえつつもしっかりと生きてゆくのである。人生の姿が映されているのだ。

双六の振り出しに住み日本晴れ
東京を一歩も出でず祭笛
毛衣をきらひて東京生れなり
擦り込んで下町の匂ひ餅薬
高階の布団まんだら清澄町

恐らく作者は心の中で自分が江戸っ子であることにいささかのプライドを抱いているのであろう。そして更に自分自身が江戸っ子の生き方を良しとして大いに肯定して生き様に実践していることがこれらの作品から充分納得できるのである。

「もうひと間あるといいね」と櫻餅
又借りといふ枇杷を捥ぐ高梯子
年忘れ話は下座ほどはづみ
ふうせんかづら身ぎれいに齢かさねたし
移りきて少し見栄はる祭寄付
連打する柳花火のしぶき浴ぶ
着ぶくれしぶんだけ情のもろくなり
いくつになつても本気出す潮干狩

江戸っ子気質を充分に物語るのがこれらの作品群である。一句目では東京の住宅事情を物語りつつもやんわりと〈樱餅〉でその雰囲気を明るく包み込む作者の感性はやわらかでいささかの艶も含んでいよう。これは他ならぬ季語の力である。二句目では〈又借り〉といういかにも下町の生活らしい題材をうまく活かしている。三句目ではいかにもしゃくし定規な世界を少しばかり揶揄しているかのようでもある。江戸っ子気質の面目躍如といったところである。四句目では〈身ぎれい〉という言葉がやはりすっきりしていて生涯スマートでありたい気持ちが素直に伝わってきて同感しきりの作品である。五句目は江戸っ子の〈見栄〉がなるほどとうなずかせてくれる。六句目は花火のいさぎよさに作者が大いに気をよくしている気持ちが伝わってくるようだ。七句目と八句目はそのまま極めて良く理解できる心情であろう。いずれにしても作者の日常の大変平凡な生活とみえつつも江戸っ子の活性といったものが小気味よく示される。

約束は冬晴れの日の母次第
きさらぎの母在ればある気のまよひ
母訪はな花野帰りの翌々日
筆談の母へ林檎を薄切りす
母のいふ白地はよもや死装束
蚕豆のスープひと匙母の癒え
露をききゐし補聴器の母逝きにけり

いつの間に鴨きて四十九日かな
百ヶ日あとの二の酉あそびかな

情のきめ細かな作者の気持ちは尊母との日々をしっとりと歌い、そしてやがてはたましずめの歌となって響いてくるのである。誰しも母を思う気持ちは共通であるが、これらの作品の中で母を恋う作者のこころもちが深深と惻惻として読者の胸を打つばかりなのである。

おぼろ夜の夫の目を避く抜糸あと
夫の方が信じやすくて亀鳴けり
韮雑炊酔ひ寝の夫をゆり起こす
時計持たぬ夫の生涯菊日和
甚平の似合はぬ夫の月日かな
夫にまだ末つ子気質春の虹

御主人をテーマにした作品には当然ながら作者の愛情がしみわたっている。一句目には〈腹膜炎入院〉という前書があり病気の時の作品であることが分る。御主人のさまざまな表情をやさしい姿で包み込む作品群に思わずふっと感動が湧いてくるのではなかろうか。殊に〈時計持たぬ夫の生涯菊日和〉と〈甚平の似合はぬ夫の月日かな〉の作品から御主人の姿と生活のひとコマが浮かんでこよう。〈時計持たぬ夫〉より時計にせかせかと追いまわされる例えばビジネスマンのような人ではなく、かなり時間のやりくりが自主的にできるお仕事であると推定できる。又〈甚平の似合はぬ夫〉からはさっそうとしたきちんとしたみだしなみの御主人の姿が思われるのである。ちなみにこの句集の装幀に関して〈装幀はこの句集が最初で最後かも知れないと言う主人の手に成りました〉という著者の言葉をあとがきの中に発見することができるのである。

雲雀野に立ちてすがる子なき身なり
ささ鳴や子を生さずゐて身の軽き
子の重み知らぬてのひら桃熟るる
その人と知りやりすごす白日傘
活字づかれ活字で癒すさくら蘂
葉ざくらやごめんなさいの利かぬ齢

作者の目は作品の中で作者自身にも向けられている。とりわけ著者は御子様に恵まれなかったことを俳句において述懐されている。引用のはじめの三句においてこうした気持が強く示されている。〈活字づかれ〉の作品は御自身が活字関係のプロであることが分るであろう。恐らく〈ただ長いだけの一職葱きざむ〉の作品もご自身の事を述べているのであろう。こうしたことから長い間ひとつのお仕事をずっと続けてこられたのであろう。〈葱きざむ〉の下五が絶妙の効果を発揮していると思われる。四句目の作品では〈やりすごす〉とは〈うしろから来た人を前に行き過ぎさせる〉という意味であるから、それとなく会いたくない人を白日傘で避けたことを述べているものであろう。作者の芯の強い側面をかいまみる思いがしてくることである。

枯木映すただそれだけの水溜り
佛眼に似てぎんなんの透きとほる
あをあをと茄汁こぼれ半夏生
千枚漬扇びらきのうすみどり
まつたけに金粉のごと京の土
新米の雲のごとくに炊きあがる

さきに江戸っ子気質にふれたが〈ふうせんかづら身ぎれいに齢かさねたし〉の作品に明確に打ち出されている作者独自の美学というものが存在している。それはいわゆる日常美学とも呼びうる、およそ美とはかけはなれたような日常の何でもないシーンを美しく俳句に示す眼力である。私はこれが俳句の究極の美であると思っている。この根本こそ俳句の清貧の文学に文字通り通じてゆくものである。なぜならば現実世界において私達が美を手に入れ享受しようとするならば、必然的に高いコストを支払わなければならないからだ。たとえば名所旧跡を訪ねてその美にふれようとすれば少くとも現在ならば交通費というコストを支払わなければならないであろう。しかしこの日常美学に則するのであれば、美は日常の身辺に無限に存在するのである。従ってコストはゼロというわけになる。こうした意味で究極の俳句の重大な美学ということになろう。引用の諸作品をじっくり見ればそのことが分るのではなかろうか。作者は日常美学の炯眼の持ち主なのである。くり返し言いたいがコストのかからぬ美という発想は日本の俳句の一大発明であると思う。なぜならば美は永遠の喜びであり我々に喜びを与える源泉なのだ。

瓦斯の炎の痼立ちおさへ柚味噌練る
味噌椀の蟹てらてらと春彼岸
いろ鳥のきて味噌汁の実だくさん
鯖を煮る味噌の中辛一の酉
蕗味噌の小味が利いて寺育ち

句集『陰祭』には食べ物に取材した作品が沢山存在している。これはこの句集のひとつの特色と呼ぶことができると思う。その中でも私は〈味噌〉を主題とした右の五句に特に注目したい。作者の滋味が最も良く表現されているのである。ちなみにここで言う〈滋味〉とは〈うまい味わい〉であり〈滋養のある食物〉であり〈物事の豊かな深い味わい〉でもある。

祭笛おなじ字でかく粋《すい》と粋《いき》

作者の生いたちと人生観をつらぬくものが〈粋〉というキーワードであるかもしれない。〈すい〉は〈まじり気のないこと・すぐれたもの・人情に通じ、ものわかりのよいこと〉という意味を持つ。〈いき〉は〈気持や身なりのさっぱりとあかぬけしていて、しかも色気をもっていること〉という意味である。

6章　須美禮の夢――椎名　彰『風の葦』

句集『風の葦』は著者椎名彰の第一句集である。平成十四年二月十五日奥付で朝日新聞社より発行された。本書は〈俳句朝日叢書51〉の中に収められての上木である。この句集には平成十三年までの作品三百六十六句が含まれている。

ふるさとは梅の義貞贔屓かな
霊棚に蚕臭のこもりゐたりけり
青梅雨の生家髪膚も蚕《こ》の匂ひ
上州の風が一番掛大根
柚子買のそろそろ来べき山日和
冬いよよ風なすままのわが母郷
木枯らしになほ身の痩せて戻るかな
ふるさとの真ん中の家百日紅

椎名彰の生地は群馬県の新田郡藪塚本町と著者略歴に見ることができる。いわゆる上州である。上州は俗に〈嚊天下に空っ風〉とよく言われる。とにかく赤城颪が有名である。だから〈上州の風が一番掛大根〉とか〈冬いよよ風なすままのわが母郷〉といった氏の故郷の作品はストレートに同感できる。又〈上州の〉の作品に即して言えば季語の〈掛大根〉が実に適確であり又イメージのふくらみを与えてくれる。氏の技量が冴えているといえよう。〈木枯らしになほ身の痩せて戻るかな〉の作品に足を止めると氏の出身地の新田郡は三日月村の出となっている木枯し紋次郎を思い出さないわけにはゆかない。私は今でも木枯し紋次郎の生きざまをしばしば思い出すことがある。〈ふるさとは梅の義貞贔屓かな〉に示されている通り上州は又古今にわたって天下人を沢山輩出していることでも知られている。古くは新田義貞であり又徳川家康も一族は上州の出身である。徳川家康の〈徳川〉は先祖の住んでいた新田郡世良田郷徳川という地名にちなんだもので、もとは〈松平〉という姓であった。徳川家康は十六歳のとき松平元康と名のっていたが、永禄六年（一五六三）に名を家康と改め、永禄九年（一五六六）に姓を徳川と改めたのである。松平家の祖先は新田義貞といわれ、その遠祖は源氏である。このようなわけで〈家康〉の〈家〉は尊敬していた源義家の一字をとったものである。更には最近では福田・中曽根・小渕といった総理大臣が群馬から出ているのである。更に加えて〈霊棚に蚕臭のこもりゐたりけり〉・〈青梅雨の生家髪膚も蚕の匂ひ〉という作品より知られるように生糸の一大生産地でもあったのだ。このような上州が著者椎名彰をはぐくみ育てた故郷なのである。氏の地味ではあるが、絶対にあとにひかない詩に殉ずるいちずな姿勢はこうしたふるさとの風土の賜りものなのではないかと推察できるのである。

ぽきぽきと折れば雨来る男郎花
紫蘇売の先触れの香を風に乗せ
風渡る那須野は朴の花どころ
全体重かけ刈り葦を束ね締め
分かれては会はんと畦火走りけり
郭公の山彦鳴きも信濃かな
いつどこで見ても昼顔ねむたさう
畦塗の叩き仕上げの鍬捌き

さてさきに著者本人の出自について考えてみたが、ここでは椎名彰の俳句作家としての出自を考察してみたい。著者略歴によれば氏が『馬酔木』に入会したのは昭和三十九年となっている。実に今からちょうど四十年前のことである。それから七年後の昭和四十六年に『沖』に入会している。『馬酔木』と『沖』は『馬酔木』の主宰の水原秋櫻子からその弟子の能村登四郎が『沖』を創刊したものであるから、まあ本家と分家といったような関係であろうか。能村登四郎はその後『馬酔木』を辞退している。従って『馬酔木』と『沖』との関係はいわゆる『馬酔木』の傘下の雑誌というよりも、『沖』は『馬酔木』とは独立した存在であるというのが妥当な見方であると思う。従って師系のつながりは認められるもののかなり歴然とした句風のちがいがみられる。椎名彰はこの二つの雑誌に所属していたわけであるから、当然のことながら『馬酔木』と『沖』の二つの句風をマスターしていったのである。そのマスターの度合はトップレベルのものであると思う。最初に引用した四句が馬酔木調、次に引用した四句が沖調の作品と感じられるものである。最初の作品群は格調の正しい抒情性の感じられる自然詠である。特色としては表現があくまでも正攻法で楷書のようなおもむきがあるところであろう。一方二番目の作品群は素材の側面においては自然詠のジャンルに入るが、その表現法は一読して新しさが感じられて、生き生きと感じられよう。理由としてはいわゆる素朴な表現から極めて技巧的表現が使用されていることが分るからである。基本的には擬人法や造語にその特色を認めることができる。擬人法では〈畦火走りけり〉・〈昼顔ねむたさう〉をあげることができる。造語としては〈山彦鳴き〉・〈叩き仕上げ〉を指摘できると思う。いずれにしてもきっちりと『馬酔木』と『沖』の基本表現を学習済みであるということが理解できるのである。

さくら咲きくらくらこの世揺らぎいづ
裸木の幹の隆々たる深傷
早蓬の染み入る臼の傷無数
凍りゆく水の痛みを思ひけり
美しく舞ひおそろしく積もる雪
満開の隙間だらけや冬櫻
文明が増やす病名漱石忌
生き過ぎて神となりたる冬木かな

裸木を映せる水も裸かな
白魚の水より生まれ水のいろ

右の作品は作者独自の自然観照から生まれてきた、いわば実存的存在開示とも呼べるほど、俳句による世界の真実や本質の把握が実現されていると思う。この境地に至りさきにみた『馬酔木』や『沖』の俳句の基盤に立って、本当の創造性を椎名彰は手中にしたものとみることができるであろう。一句目では〈さくら〉の世界のあり様があたかも無限のゆらめきを与えるかのようである。三句目では臼の無数の傷に染みこんでゆく早蓬のいのちの緑の美がこれまた際限のないあり様の中で示されている。五句目の雪の持つ二律背反のどうにもいかんともなしがたい現実に直面して美と恐怖のため既にして夢うつつの状態が明示されているのだ。従ってこうした作品群は哲学的存在論を俳句形式において展開しているかのように思われてならないところである。

鶏頭のあくまで妥協せぬつもり
裸木の逃げも隠れもせぬ一幹
鶏頭のおれがおれがの伸び盛り
えこ贔屓なき炎天を好みけり
羽抜鶏いぢめいぢめの世なりけり
揚雲雀押しの一手の佳かりけり

白鳥の生くる汚れのためらはず

怪物といふ褒め言葉大南瓜

人間も皮を脱ぎたく更衣

これらの作品はいわば作者が高悟帰俗を果たしたものとみることができるであろう。つまり前述の哲学的観照から脱皮してあくまでも現実の中に身を投じつつ作句するようになったのだと解釈したい。とりわけ〈えこ贔屓なき炎天を好みけり〉のすがすがしさは捨てがたいし、〈羽抜鶏いぢめいぢめの世なりけり〉の真実直視の勇気はその反骨が感じられて好ましく感じられる。

別の眼で妻を見てをり熱帯夜

妻の息わが息そして青葉木菟

旅さはやか子等より妻を拉致し来て

老いてまた妻を名で呼ぶ花野かな

ルーブルに妻をるころや小正月

著者の妻恋いの俳句は割合に多い印象を受ける。しかしこれ等の作品は総じてギラギラしたものでなく愛情がほどよく沈潜して、ほのぼのとした夫婦愛を感じさせるものといえよう。こうした傾向の延長線上に〈水引の紅の一縷の恋はじめ〉等をはじめとした一群の恋の句も発見できるであろう。

春満月万のたんぽぽ眠らせて
満月を花に沈めて吉野山
冬すみれ世が世ならばの話かな
たんぽぽの眠れる数が星の数
吹き返しやるたんぽぽの迷ひ絮
詩に痩せしやうな顔して菊膾

私はこれらの作品の中に椎名彰の詩人のこころを読み取る思いがしてならない。これらはいうならばむきだしの心臓のような作者の無防備なこころそのものがあらわれているのである。この句集のエッセンスが香水の香りとなってこの作品群から立ちのぼってくるような気がするのである。〈冬すみれ世が世ならばの話かな〉はさまざまな解釈が可能であろうが、私はこの句はありていに言えば没落貴族の星菫派詩人への願望が隠されていると解釈したいのである。この思いにむけての生があればこそ、詩人は〈いぢめいぢめの世〉に耐えもするのである。〈吹き返しやるたんぽぽの迷ひ絮〉に示される詩情の優しさに私は舌を巻く思いがする。〈詩に痩せしやうな顔して菊膾〉の句から私は松尾芭蕉の晩年の名文『幻住庵記』を思い出す。〈終に無能無才にして此一筋につながる。楽天は五臓の神をやぶり、老杜は痩たり。〉という部分を思い起こすとき、著者は杜甫を思い芭蕉を思い、そしてこれらの詩人に自分の人生を重ねてみようとしたのではなかろうか。でなければ著者はこの菊膾の句を句集の最後に置くことはなかったはずなのである。椎名彰はかつてある文章の中で〈自分は俳句に殉じてきた〉と語ったことがあるが、まさにこのことを言っていたのである。

初恋を勧め冬日の教師たり
生徒減らしき目高の学校も
さねさし相模の小野の青き踏む
あしびきの山雲の香の楤芽和
腹這ひに恋猫のこゑまねてみる
いささかは猫語を解し冬ごもり

この句集の間口は広い。はじめの二句は著者が長らく教師をしていた事を知ればなるほどと思うであろう。次の二句は古典の復活を現代俳句に試行する勇気をみてとることができる。終りの二句は著者のたくまざるユーモアをかいまみることが可能である。私はこの句集におびただしく存在する死生観の濃厚な作品を若干引用して本稿を終了したいと思う。

秋の夜のどちらが先に逝く話
郭公や黄泉近しとも遠しとも
露けしと思ひ露けき命とも
我が通夜をまざまざと見し寒灯
昼寝覚生き返りしは言はず置く

葬儀用写真ならこのうらら顔

7章　浪漫派の系譜――平沢陽子『茫茫』

句集『茫茫』は平成十七年（二〇〇五年）三月十五日に日本詩歌句協会より発行された平沢陽子の第三句集である。この句集には平成十年より十六年に至る七年間の三百五十句が収録されている。

初恋の後の恋なし歌加留多
一本の道を入れたり月の宿

なぜ、後の恋がないのか。一本の初恋の月の光が射しつらぬいているからである、その宿には。毎夜、その月の光を追い求めてゆく。そして、毎昼、その月の光に射されたわたしの影を身のうちにしまう。それが、作者の生、すなわち作者の俳句。単純。徹底。すなわち『茫茫』とは、純粋の別名。当今、絶えて稀な十七文字の恋歌。次の一句をあげて、拍手に換えたい。

噴水ののぼりつめたる空の青

〈茫茫賛歌・宗左近〉

右の文章は宗左近の本句集の帯文である。この文章の中でもとりわけ〈単純。徹底。すなわち『茫茫』とは、純粋の別名〉というフレーズに注目する。単純・徹底・純粋の三つの語がこの句集を貫ぬき、作者を貫ぬいているように感じられるからである。いわゆる〈俳句は文学〉とか〈俳句は詩〉であるとかよく言われるのであるが、俳句に対して本気でそのように思い信じ込んでいる人は何人いるのか、と思うと、心の底ではそのように感じていない俳人が大多数なのではなかろうか。しかし俳人は人前では〈俳句は文学〉とか〈俳句は詩〉であるとか表明するのは大好きである。しかしそれには内容や本質がともなわず単なる強がりのような印象を与えずにはおかない。平沢陽子のこの句集は本気でこのように思い込んでひたすらその細道をつき進むおもむきと姿勢が感じられるすばらしい句集である。

馬追の触角月を捕へたり

節忌の焼いて益子の皿二枚

私はまずこの二作品に注目したい。作者の郷里は結城であるという。であるとするなら茨城県の文豪長塚節は作者の誇りとする作家であろう。私は長塚節が大好きなのでこの二作品に出会えて胸が躍りだす思いがした。私は一句目の〈馬追の触角月を捕へたり〉から次の文章を思い浮かべるのである。

不意に節は思った。とてもまとまるまい。白芙蓉のような美人だという、二十一歳の井上艶子の姿が、まぼろしのように眼の前を横切るのを感じたが、節の気持は母の前にいたときよりも落ついていた。（中略）その庭に無数の虫の声がしていた。虫は部屋の中まで入りこんで来て、見えない部屋の隅で、馬追いが澄んだ声を立てている。節は鳴きふるえる馬追いのひげを感じ取った。すると闇のかなたにひろがる夜の野も見えて来た。寂寥感が胸に溢れた。（中略）するとぼんやりと顔を上げている節の頭をまた夜の野が静かに横切った。そしてどこか眼には見えない暗い隅で、馬追いのひげがふるえているのも感じられた。節はノートに眼を落とした。今度は下書きの手入れしたところが少しずつ歌にまとまって行った。一首の歌が出来ると、つづいて新しいもう一つの歌が姿を現わして来た。

小夜深《ふけ》にさきて散るとふ稗《ひえ》草のひそやかにして秋さりぬらむ

馬追いの髭のそよろに来る秋は眼を閉ぢて居て観るべかりけり

節は二首目の歌の「眼を閉ぢて居て」のところに、「まなこを閉ぢて」（蓋《けだ》し観るべし）と併記した。わるくない歌が出来つつある予感が、ほんの少し節をなぐさめた。

（藤沢周平『白き瓶《かめ》』文春文庫　一九九七年　一〇三頁～一〇四頁）

〈馬追の触角月を捕へたり〉は実際に目に見える世界としても解釈できるが、想像力の中でこの一句を捉えてみると右に引用した藤沢周平のような世界と何の異和感もなしに心に入ってくるから不思議である。長塚節は一九一五年（大正四年）二月八日になくなっている。

魂送る常陸平野に山ひとつ

春愁を匿ふ結城つむぎかな

ふるさとに安心の空蓬長く

田仕舞のけむり揺蕩ふ曽祖の地
筑波嶺に笠雲かかる苗木市
素十忌の道に迷うてゐたりけり
素十忌の風潤筆に及びけり

この句集の中では故郷を詠む作品が随所にみうけられる。とりわけ高野素十に思いをはせた作品が二句あることが注目される。高野素十は一八九三年（明治二十六年）に茨城県の現在の藤代町に農家の長男として生まれている。一九七六年（昭和五十一年）に亡くなっている。素十忌は十月四日である。〈素十忌の道に迷うてゐたりけり〉は作者が俳句の道において迷いが生じたものと想像できる。客観写生の優等生の素十の作品世界に戻ってそこを出発点と作者は念じているのであろう。虚子は素十に対して〈即ち素十の心は唯無我で自然に対する〉と述べている。

一舟の寒さ曳きくる蕪村の忌

結城

新緑の中や除幕の蕪村句碑

蕪村と結城の結びつきはなかなか深いものがある。そして結城出身の作者は結城における蕪村の顕彰に大変力を注がれている。蕪村は二十七歳の頃、寛保二年（一七四二年）にしばらく結城に滞在しており、三十三歳の頃、寛延元年（一七四八年）にも結城に滞在して弘経寺に画作を残している。

そぞろ散る紬の里の花うばら

私はこの作品の中に濃厚な蕪村の影響を読み取る。さきの作品〈馬追の触角月を捕へたり〉においても作者が長塚節を念頭に置いていたかは定かではないが、この作品において作者は明らかに蕪村を頭の中に置いていたものであろうと確信する。この句における〈うばら〉は〈茨〉で〈いばら〉のことである。してみれば蕪村のかの傑作〈愁ひつつ岡にのぼれば花いばら〉の影響を読み取ることは強引なことではないと思われる。

金陵《きんりょう》の鳳凰台《ほうおうだい》に登る
鳳凰台上《ほうおうだいじょう》　鳳凰遊ぶ
…………
呉宮《ごきゅう》の花艸《かそう》は　幽径《ゆうけい》を埋《うず》め
晋代《しんだい》の衣冠《いかん》は　古丘《こきゅう》と成《な》る
…………
長安《ちょうあん》見えず　人をして愁《うれ》へしむ
（唐詩選・七律）

蕪村は恐らく李白の右の詩を知っていたらしい。〈呉宮の……古丘と成る〉の訳は〈むかし、呉王の宮殿に美しく咲いていたであろう草花は、今も人けのない小道を埋めるように咲き乱れているが、東晋《とうしん》時代に衣冠を着かざって栄えた高官たちは、みな古い丘の土となってしまった〉となる。蕪村は他に〈花いばら故郷の路に似たるかな〉という〈花いばら〉の作品も残している。後世この〈愁ひつつ岡にのぼれば花いばら〉の作品は〈愁ひ来て丘にのぼれば名もしらぬ鳥ついばめり赤き茨《ばら》の実〉という石川啄木の作品に影響を与えたといわれている。

恩愛は母系に厚し干菜風呂
葛の葉や母に口伝の物語
料峭や並みて夫なきあねいもと
銀河濃し母系いづれも浪漫派

作者の家系に文学の血が脈々と受けつがれていることをこれらの作品は物語っているかもしれない。〈料峭や並みて夫なきあねいもと〉における〈あね〉にあたる方は詩人の新川和江氏であり〈いもと〉にあたる方が作者であるとみても良いかもしれない。これに類する作品としては〈姉のもの着こなしてゐる秋彼岸〉という作品も存在している。さきの話に戻せば蕪村も石川啄木も浪漫主義の大家としてつとに知られているが、句集『茫茫』の作者もみずから浪漫主義に殉ずる詩人としての心がまえができているものと考えられる。

「かなえ」創刊

年迎ふ居間に鼎の香炉焚き

晩学に師の死以後あり青葉冷

鼎三先生逝く（十二月三日）

泣きに来し慈悲尾師走通夜あかり

初富士や師系絶やさぬ志

五千石三回忌

富士は裾さやかに広ぐ畦秋忌

鼎三先生三回忌

一情のやがて多情に返り花

一門に師の忌がふたつ去年今年

これらの悲しい作品は〈あとがき〉の〈この七年間は、五千石先生の急逝による涙の渇かぬままの鼎三先生ご他界。〉という言葉が何よりも雄弁に物語る世界であろう。とにかく師を二度も失うということがいかに大変なことか、俳句結社にかかわった俳人ならば身に沁みて感じるであろう。

さくらんぼふたつほほばる夫の恩

サルトルも恋も遠かた秋蛍

眉宇ふかき夫にしたがふ吾亦紅

病むひとに嘘をかさねて明易き

夏痩せてモヂリアーニを讃ふるや
彫像のごとく夫病む青葉冷
　夫逝く（平成十二年）六月十八日未明
百合の花いまはの朝を匂ひ立つ
三界にわれをのこして去ぬ燕
新盆の提灯白く灯しけり
桐は実に夫に遺言のなかりけり
寡婦たりし矜持いささか夜の秋

さきに俳句の上での師を二人までも失い、これらの作品では最愛の御主人をも失っている。その時期が句集『茫茫』の世界である。それだけにこの一巻は重いものをになう一巻といえるであろう。

極月の杖ともならぬ麩菓子持ち
月光にとちり咲きたり牽牛花
灯火親しむ狐顔狸顔

『茫茫』の作者が時折みせてくれるこれらのユーモアにほっと安堵して一巻を閉じることにしたい。

8章　秘花朧朧――山崎十生『大道無門』

句集『大道無門』は山崎十生の第五句集である。この句集は二〇〇五年（平成十七年）七月一日に〈文學の森〉より発行されている。『大道無門』は菖蒲・大宮・川口・秩父・大津の五章に分かれている。〈既刊句集には整理の都合上、同人誌「豈」・各総合誌に発表した作品で未収録のものが多多ある。本句集には、それらの作品を中心に編ませて戴いた〉とあとがきにあるように、本句集の作品は制作年代順であるとか、ある期間に作られた作品を四季別に分類したものなどとは異ったものとなっている。従って本句集の作品は制作年代が明示されているものはない。又句集の題名は〈「紫」の骨格を成す「大道無門」の精神から採らせて戴いた〉とある。ちなみに〈大道無門〉とは次のような意味である。

「大道」とは大きい道、特に仏法の大道のこと。「無門」はこれといった門、入口がないこと。すなわち、仏法の大道を自らのものとするための一定の方法はなく、あらゆるものがそこに到る手段になるという意味。

（朝山一玄『茶席の禅語句集』八三頁）

右の文より俳句に即して言うならば、山崎十生の言う純正俳句の道に到る方法は一つの方法があるわけではなく、およそあらゆるものが純正俳句に到る手段となるのだ、という主張がこの『大道無門』にこめられているのであろう。

帯解いてからがもっとも朧なり

私は作者における愛やエロスの作品にかつてかなり注目してきたが、右の作品において作者における俳句上の愛やエロスの方向を示すもののひとつの帰結を見る思いがした。句意は明瞭であると思う。作者であれ又はひとりの女性主人公であれ、とにかく〈帯を解く〉のである。そしてそれから流れてゆく時間が〈もっとも朧〉であるというのだ。私はかつて作者の〈君の血と我が血交わる蚊の内部〉という作品にみられる十七世紀のイギリスの形而上派詩人ジョン・ダンと同質の三位一体の愛の奇想〈コンシート〉を認めて喜んだものであった。しかし今回この作品と出会い作者の〈言わぬが花〉即ち〈秘すれば花〉の美学が熟しているのを知るのであった。そしてこれこそが正に作者の言う純正俳句の伝統に咲く花なのであることに思い至るのであった。そして常々作者が口にしてやまない〈自分は真の伝統作家〉であるという意味が決して変化球などではない直球の真情吐露の言葉であることを信ずるのである。

秋風を皿の如くに積みにけり
白露のその逞しき全裸かな

私は右の二句に作者の〈真の伝統作家〉の面目躍如たる様子を認めるものである。この二句に私は個人的に先人の研究のあとを思い、更に先人の求めたその先へと歩を進める作者の前向きな姿勢をみてとるのである。

秋風や模様のちがふ皿二つ　原　石鼎
金剛の露ひとつぶや石の上　川端茅舎

作者はこうした名句の伝統に立って更に新しい伝統を継承してゆくものなのであると、私などは感じている。殊に作者による〈雨の音聴く雨川端茅舎の忌〉という作品などから推測して川端茅舎に傾倒していたのではなかろうか。

白露に阿吽の旭さしにけり
夜店はや露の西國立志編
露散るや提灯の字のこんばんは
白露に金銀の蠅とびにけり
露の玉百千萬も葎かな
ひろびろと露曼陀羅の芭蕉かな
露の玉蟻たぢたぢとなりにけり
白露の漣立ちぬ日天子

川端茅舎の〈露〉の名句は枚挙に遑が無いのであるが、一方『大道無門』にも非常に沢山の露の名句が存在する。

草千里露にも波が立ちにけり

こつこつとこつこつと露こつこつと

しなやかに露は静かに翔んでいる

不忍池をそのまま露とせむ

白露をあつめて影の富士とせむ

水葬にあらず風葬芋の露

どの露も水平線を主張せり

白露の曼荼羅釈迦の裔ならむ

露と露ぶつかりあふも濡れざりき

潜熱と言えるかどうか露の玉

洗面も洗心のうち露の玉

武者震ひしてから露の転げたり

ゆらぎから始まる露の核融合

臨界の露をあつめし万華鏡

私はこれらの〈露〉の作品をみて何とはなしにやはり川端茅舎を思い出してしまうのである。しかし常に新しい発想をつけ加えることを忘れない作者の創造性は独自のものがある。特に二句目の〈こつこつとこつこつと露こつこつと〉という作品の響きの中からなぜか私は〈憂々とゆき憂々と征くばかり〉という富澤赤黄男の『天の狼』の傑作を思ってしまうのである。

あの日からいつもこの日の百日紅

句集の冒頭近くに置かれた作品である。この作品に私は非常に注目せざるをえないある雰囲気が強くまとわりついているのを感じてならないのである。炎熱の下に夏の百日の間まっ赤な花をふわふわと漂わせるあの百日紅の花をみると決まって作者を襲うある記憶がたゆたうのを思うのである。それは未生の記憶であるかもしれないものである。

終戦日お礼まいりをしましょうね　（『花鳥諷詠入門』）

私は山崎十生の第四句集『花鳥諷詠入門』の一句に特に〈百日紅〉との関連において個人的にはひかれるのである。私はだからひそかに〈あの日からいつものこの日〉とは昭和二十年の八月十五日を起点にした毎年巡ってくる八月十五日をさすのではないかと想像するのである。

照り返す鏡八月十五日
縁のない眼鏡八月十五日
本腰を入れて八月十五日

『大道無門』には八月十五日の作品が三句存在しているが、さきの〈百日紅〉は〈八月十五日〉の記憶の花としていかにも似つかわしい気がしてならない。

南天の実ほどの仏ごころかな

本句集の題名が仏教的雰囲気をかもしだしてやまないのであるが、恐らくこの仏教的雰囲気の発端こそ〈南天の実ほどの仏ごころ〉であったに相違ない。

いち早く不動のこころ浮寝鳥
おろされてゆく大根の歓喜《かんぎ》かな
開《かい》眼《げん》のものの種こそ怖ろしき
鎌倉や脚下照顧の龍の玉
雁金をあつめて供華としたるかな
虚無虚無と降り積む枝垂桜かな
鈴虫に先を越されし悟道かな
大拙には揺れても揺れぬ花芒
竹の秋体で覚えゆく涅槃
流されて求《ぐ》道《どう》三昧なる雛
白桃に見据ゑられたる僧都かな
裸木は菩薩の生まれ変りなり

煩悩の限りを尽くす霞かな
藪つ蚊に刺され南無南無ありがたし

作者の〈仏ごころ〉の反映がこの句集の中に仏教語を用いた沢山の作品を生みだす源泉となったものであるが、この点においても仏教語をしばしば用いた川端茅舎を思い浮かべることができよう。作者は既に〈秘すれば花〉の美学に悟りを開いたわけであるが、〈花〉の作品も『大道無門』において看過すべきではないと思う。

いざというときには水となる桜
影を探すために桜は舞っている
風よりもきっと桜は雨が好き
最後には水を狩りたき桜かな
散って少し気楽になりし桜かな
散るさくら見ていて散りたくなる桜
流されているのが花の悟りかな
花筏天の要とならむとす
花びらは水を枕に悦べり

これらの〈花〉や〈桜〉の作品は著しい表現の特色を持っているように思われる。即ちそれは口語的発想における擬人法の使用である。例えば〈風よりもきっと桜は雨が好き〉・〈散って少し気楽になりし桜かな〉・〈散るさくら見ていて散りたくなる桜〉・〈花びらは水を枕に悦べり〉等の作品をみれば明らかであろう。これらの作品から作者はまるで自分が〈花〉や〈桜〉になりきっているかのような印象を受けるのであるが、その中にもいささかの淋しさが滲んでいるような感じを受ける。

山崎十生は俳句の文体のせいであろうか、又ある種の詩的操作のためであろうか、なかなか作者の真顔を見ることが難しい印象を受けるが、この句集の中ではめずらしく素直な真顔と思われる作品が認められる。

今は枯れを極むることが大事なり
受付をして冷房の中に入る
雨水まで二日誕生プレゼント
埋火に思ひの丈の激すなり
仮面には仮面の誇り時鳥
堪忍袋の緒を大切に浮寝鳥
香水の一撃を絶つ男かな
たちのぼる川霧柱なすひかり

この中で〈雨水まで二日誕生プレゼント〉という作品があるが、この作品の制作年代は不明にしても明らかに作者の幸福な誕生日に対する自祝の意が含まれているのではなかろうか。ちなみに〈雨水〉

は新暦二月十九日ごろであるから、その二日前が作者の誕生日にあたるのである。二月十七日あたりということになろう。〈あと二年弱で還暦を迎えるが、燃え尽きないように、自分自身のライフワークに沿って、じっくり作品活動をしてゆきたいと願っている。〉と作者は〈あとがき〉をしめくくっている。常に変化してやまない山﨑十生ワールドの更なる円熟を期して擱筆することにしよう。

9章 **鎮魂物語**——池田澄子『たましいの話』

句集『たましいの話』は池田澄子の第四句集である。角川書店より〈角川俳句叢書　第三巻〉として二〇〇五年（平成十七年）七月七日に発行された。この句集には二〇〇〇年（平成十二年）春より二〇〇五年（平成十七年）春先に至る六年間における作品が三百六十八句おさめられている。

ゆらゆらの花のミモザとくらくらす
合歓の木に凭れぼーっと花ごこち
フルーツポンチのチェリー可愛いや先ずよける
ラ・フランス素描のラ・フランスの傍の
ニオイスミレの匂う範囲へ屈み入る
おたまじゃくしの利口そうなる頭かな
栃咲きぬ巴里は遠くて行く気なし
頬杖の蝶よ花よと気が急きぬ
はつなつの森の匂いが胸のなか

地にとどくまでたのしかろ春の雪
フランスパンの空洞きよらかなりノエル
冷えてきて春の夕日の嬉しい赤

これらの作品の印象はエレガントでシックでロマンティックでオシャレなエスプリ溢れる世界であり、そしてシーズニングとしてちょっぴりアイロニー（皮肉）を利かせるのである。例えば〈ミモザ〉・〈合歓の花〉・〈春の雪〉の明るい美しいロマンや〈ラ・フランス〉や〈ニオイスミレ〉などのオシャレな気分はストレートに気分を楽しくしてくれるであろう。そして〈フルーツポンチのチェリー可愛いや先ずよける〉に見るオチャメな皮肉と移り気はやはり楽しく微笑してしまうものである。右の作品の中で私は〈栃咲きぬ巴里は遠くて行く気なし〉に最も注意が引かれてしまう。イタズラっぽいまなざしでニコニコする作者の顔が浮かんでくるようだ。私はこの句は〈フルーツポンチのチェリー〉に対して最後に〈先ずよける〉というどんでん返しの皮肉を持ちだした時のように、〈行く気なし〉とつき放しているかのように見える。しかし私はこの表現はある種のパラドクス（逆説）なのであると感じてしまうのである。

旅上

ふらんすへ行きたしと思へども
ふらんすはあまりに遠し

せめては新しき背広をきて
きままなる旅にいでてみん。
汽車が山道をゆくとき
みづいろの窓によりかかりて
われひとりうれしきことをおもはむ
五月の朝のしののめ
うら若草のもえいづる心まかせに。

〈栃咲きぬ〉の句は明らかに萩原朔太郎の「旅上」を背景にしているものと推定する。作者は家の近くの栃の並木に花が咲きだすと巴里の並木道に今ごろマロニエの花が盛りであろうと夢想するのである。

五月の巴里が好き　　シャルル・アズナブール
僕は五月の巴里が好き
若芽がみんな萌えて出て
新しい青春が
古い都に満ちあふれる
そして巴里は輝き出す

僕は五月の巴里が好き

シャルル・アズナブールが作詞してみずから歌っているシャンソン「五月の巴里が好き」は半世紀前の古いものだが、このシャンソンを聞けばきっと作者も〈栃咲きぬ巴里遠くとも行ってみよう〉という気になるのではなかろうか。

目覚めるといつも私が居て遺憾
秋風のだって貴方の手がぬくい
冬草が美味しそうなの嗚呼大地
落椿あれっと言ったように赤
いやな日は早く寝ますわゼラニューム
えいっとばかり桃色に桃の花

『たましいの話』においても意表をつく軽妙な語り口は健在である。口語の使用は俳句をなめらかにいきいきとさせてくれる事は良く知られているところである。作者はこうした口語の特徴をふまえて更に飛翔しダイナミックな明るい俳句のリズムを作り出すことに成功していると思う。こうした傾向は女流の作家に流行のきざしが著しいが、その原点はこの句集の作者あたりにあったのではなかろうか。

一瞬のぽっと佛で在り給う
先生ありがとうございました冬日ひとつ
日短し涙は各自拭うべし
これからの冬の永さを畳の上
我がそよぎ骨の芒にとりまかれ
死に順は突然決まる葉付き柚子
偲びたりないハンカチのレースかな
帰る鶴よりも彼方へ先達は
敏雄逝き白泉忌すぎ三鬼の忌
敏雄亡く朱夏の空気が海の上
先生の逝去は一度夏百夜
あの世から見えるでしょうか茄子の馬
噂では知ってます極楽の蓮華
煮凝や去年の今夜泣いていた
亡き人の名をなんとなく筆始
小鳥来よ亡先生の誕生日

これらの作品はことごとく作者が長らく師事していた師三橋敏雄に捧げられた〈たましずめの歌〉

ている。

に他ならないのである。この痛みを作者は句集『たましいの話』のあとがきにおいて次のように記している。

二〇〇一年十二月一日、三橋敏雄先生が逝去された。不覚にも直前まで、その永訣の日を想像したことがなかったので、未だに信じ難く呆然としている。生きているということは、大切な人に死なれるということ、取り残されるということだったのだ。人の憂いは、結局は全て、免れ難いそのことに発しているということを改めて体感した。

作者はこのように書きつつ改めて師の逝去をきっかけに、目前の生への問いかけを強めたのであった。引用の作品を見て分るように、この〈たましずめの歌〉は逝去からあしかけ二年にもわたって作り続けられたのである。例えば〈あの世から見えるでしょうか茄子の馬〉における師への呼びかけは痛切な響きでわれわれに迫ってくるであろう。そしてこの〈茄子の馬〉から更にこの句集の題名となった〈茄子焼いて冷やしてたましいの話〉へと連想は結びついてゆくのである。加えて〈名告るたび命減ります草の絮〉・〈からだからこころ遠のく沖がすみ〉・〈荒梅雨のたましい圧縮し了りぬ〉等のなにげないところに存在する現存在の深淵を覗きこむのである。付言すればこうした哀切な作品の中にも作者の抜群の音感は内容を強化していることに気付くであろう。〈煮凝や去年の今夜泣いていた〉における上五・中七における〈カ行音〉の三つの連鎖や〈亡き人の名をなんとなく筆始〉の上五・中七における〈ナ音〉の四つの連鎖をみれば、さきの飛んでいるように見えるとびぬけた口語の使用が単なる調子の良さだけで作られているのでないことに思い至るのである。

前へススメ前へススミテ還ラザル

この句集の中で見過ごすことのできない重要性を持つ作品である。このように先の戦争をモチーフにした作品は最近の俳壇では少なくなっているように思われる。さきの作品に〈敏雄逝き白泉忌すぎ三鬼の忌〉というものがあり、作者は新興俳句の系譜につらなっていることが推定される。であればかつて新興俳句運動において盛んにこうした作品が作られていたことが思い出される。又最近では攝津幸彦がこうした作品をもってよく知られている。例えば〈南国に死して御恩のみなみかぜ〉という攝津の作品とこの〈前へススメ〉の作品を比較するとそれぞれの作家のジェネレーションの差におけるちがいが感じられるような気がする。即ち作者は昭和十一年生まれのいわば戦中派世代であり、攝津幸彦は二十二年生まれの戦後派世代なのであり、そうした世代の差というものが作品にも微妙に影響を与えているように感ずるのである。

実は、この句は（中略）昭和八年に新たに登場した『小学国語読本』の中に出てくる「ススメ／ススメ／ヘイタイ／ススメ」を引用している。その主人公「ヘイタイ」を匿すことで逆に読者の想像力をそこへと収斂させる仕掛けである。もっとも、作者の言によれば、この句の発想は、昭和十八年十月二十一日、神宮外苑競技場で挙行された出陣学徒壮行会にあったという。（中略）多くのヘイタイが「前へススミテ還ラザル」英霊となって還ったのは言うまでもない。

主体を匿してモチーフを伝えるこの表現方法は、もちろん池田が創始したものではない。すでに昭和十年代の新興俳句において渡辺白泉は同じ方法で、類似の内容を詠んでいる。

石橋を踏みならし行き踏みて帰る

（川名大『現代俳句　上』（ちくま学芸文庫）筑摩書房　二〇〇一年（第一刷）五三八～五三九頁）

この句の背景説明は右の引用に詳しい。作者は更に若干のこうした傾向の作品をこの句集に収めている。

敗戦前夜の裾濃の蚊帳よ忘れたき

忘れちゃえ赤紙神風草むす屍

死んでもいいとおもうことあれどヒロシマ忌

敗戦日生きて老いゆく私たち

かなかなや死は外海へゆくごとし

池田澄子はさきに三橋敏雄にたましずめの歌を捧げ、これらの作品でさきの戦争における鎮魂歌を捧げているのである。

わが生誕前も四季あり返り花

作者は前世にいた頃も未生のこの日本に確かにあった〈四季〉の存在を今思いみているのである。

これは死後も確かに〈四季〉は依然として存在するという確信にも通うものではなかろうか。良寛は辞世として〈形見とて何か残さん春は花山ほととぎす秋はもみぢ葉〉という和歌を残している。川端康成はこの和歌に対して〈良寛の形見とした日本の四季の美しさを、われわれが如何に享受し、次代に受け継ぐかは、現代を生きるわれわれの一課題といへよう〉と述べて日本の四季の自然を讃えている。

10章　武蔵振り――吉岡桂六『東歌』

句集『東歌《あづまうた》』は吉岡桂六の第三句集である。『東歌』は花神社より〈たかんな叢書　23〉として二〇〇五年（平成十七年）六月二十五日に発行された。この句集には二〇〇一年（平成十三年）より二〇〇四年（平成十六年）までの四年間に発表された作品三百九十句が収められている。句集の題名となった〈東歌〉は『広辞苑』によれば次の通りである。

万葉集巻一四・古今和歌集巻二〇に載る東国の歌。方言が使われている。

〈東歌〉と命名したいきさつを著者は〈あとがき〉において次のように述べている。

以前、〈故郷といふものなくて栗の飯〉（『遠眼鏡』所収）という句を作ったことがある。しかし、北陸での四年、海外生活合計五年余りを除くと、所は違えずっと関東平野に住み暮してきた。手古奈堂からほど遠からぬここ葛飾の一隅に居を定めてからも三十年余りになり、かくて、我が故郷は関東平野であると思い定めるに至った。そして、我が立脚点を掘り下げてゆけば、その基底にあるのはまぎれもなく東京下町文化であった。愛唱する幾首かの東歌にもあやかって『東歌』を集の題とした所以である。

吉岡桂六はこのように句集名の由来を述懐する。ちなみに吉岡桂六は一九三二年（昭和七年）東京生れと著者略歴に述べている。

甚平や東歌など口ずさみ

東歌のをとめかなしも稲の花

『東歌』には〈東歌〉のでてくる作品として右の二句を発見することができる。一句目は季語〈甚平〉の雰囲気からゆったりとのびのびくつろいだ気分がかもし出されて、それとなく〈東歌〉の持つかつての都を離れた東国の鄙びた気持がにじみでてくるようである。二句目は〈をとめかなしも〉という表現から〈あとがき〉にもみられる〈真間の手古奈伝説〉を思い出さざるを得ない。作者は恐らく現在では宅地化されて消えてしまった葛飾の豊かな土地を思い描いてもいるのであろう。こうした想像は〈稲の花〉の季語の持つ力が充分に働いて湧きだしてくるのである。又〈葛飾〉といえばかつて水原秋櫻子が処女句集の題名とした程愛した地であることが想起される。

ぬれぬれと寄席文字の墨夏の月

今朝秋の根岸へ下る跨線橋

大橋に五六人をり月今宵
木場に冬南の国の木が匂ふ
清元の高声を張る寒夜かな
一皿の羽二重団子春立ちぬ
万太郎ここらに住みき柳の芽
芽柳や都電の止まる雑司ケ谷

これらの作品から立ちのぼる気分は江戸の下町風のしゃれた気分である。寄席や清元の高声が聞こえる粋な街角、そして大橋での月見としゃれた気分は、かつての東国の田舎風とは打って変ったものである。東京の都会の洗練された渋みがこれらの作品にはふさわしいものである。更には子規の愛した地でもある根岸の里や日暮里の羽二重団子加えて鬼子母神の雑司ケ谷や南国の木の匂う木場等の風景が詠まれている。まさにこうした作品世界は著者が〈あとがき〉で述べている〈その基底にあるのはまぎれもなく東京下町文化であった〉という言葉そのものであることが納得できるのである。

句集名〈東歌〉に象徴される吉岡桂六の万葉集・古今和歌集の古典への造詣と生来の江戸下町の粋の文化がこの句集の二つの柱とするならば、更に著者の第三の柱として海外体験というものを考えに入れなければならないであろう。

夏きざすボーイソプラノ透きとほり

梅雨の中転げるやうにフランス語
腐刻画はヨハネの首や花の冷
狼の眼がひかる木下闇
星月夜遠い他国の子守唄
冴返るイコンに燭のゆらめきて
昼顔や時差のけだるさもてあまし

引用の作品は印象として海外での作品だったのではなかろうかと感じられるものである。ボーイソプラノやフランス語や他国の子守唄には著者の敏感な耳を思い、腐刻画や狼の眼やイコンには著者の鋭い眼光を思い、昼顔には著者の感覚のアンニュイを思うのである。特に〈梅雨の中転げるやうにフランス語〉の作品から私はフランス語のエヌのかかわった鼻音の転がるような音が耳に聞こえてくるような気がしてくる。このような海外詠は著者が長年日本語教師となって海外や日本において外国人達に日本語を教えていた経験を持つことを知れば、なるほどと実に良く理解することができるのではなかろうか。更に加えるならば『パントン——マレー民衆の唄』という著書により吉岡桂六は翻訳文化賞を受賞している。『東歌』の作者の背景には万葉・古今の古典と江戸下町文化と海外体験と日本語教師と翻訳家という多面的な側面があることを知ることができる。加えて作者は原子燃料開発に従事した科学者でもあったのである。

松生ふる妹山脊山初霞
黒松の丘から月や西行忌
浦風に黒松立てる淑気かな
まつすぐに雀を降らせ松の花
松の花馬籠は江戸へ八十里
世を避けし詩人の恋や松の花
幔幕に二つ巴や松の花
松の影落つ方丈の秋簾
黒松の雪に折れたる響かな

句集『東歌』の中で殊に目を引いた作品群は右に引用した松を主題にした作品である。私はこれ等の作品の中に著者の持つ武蔵国の古武士のおもむきが感じられてならない。松は日本の文化の中でも特に重要な意義を持つ植物である。身近な例として正月にわれわれは門松を飾る風習をあげることができる。松は神様の宿る木としてあがめられてきたのである。松は神が招き寄せられて乗り移るもの即ち依代《よりしろ》としての役割を持つのである。門松はだから年の始めに天から降臨する年神の依代なのである。松は神をお迎えするための木なのである。この習俗が日本において始まったのは平安時代後期と考えられている。このめでたい松を表わしている作品は〈松生ふる妹山脊山初霞〉・〈浦風に黒松立てる淑気かな〉の二句である。〈妹山〉と〈背山〉とは相対する一対の山を男女に見立てた場合女性・

妻に見立てられた方の山を〈妹山《いもやま》〉と呼び男性・夫に見立てた方の山を〈背山《せやま》〉と呼ぶ。ちなみに〈背山〉は〈兄山〉とも書く。こうした背景を知ると〈松生ふる妹山脊山初霞〉はいかにもめでたい気分の作品であることが分る。私はこの作品の中に〈高砂〉の世界をしのぶことができてめでたい気分になる。〈高砂〉は世阿弥の作った能の作品で神物の名作である。住吉《すみのえ》の松と高砂の松が夫婦であるという伝説に取材した作品で天下泰平を祝福しており、婚礼などの祝賀の小謡にいつも使われる有名なものである。ここにも松が関与している。

初日さす松はむさし野にのこる松　　秋櫻子

私は句集『東歌』のめでたい松の作品にふれてふっと右の水原秋櫻子のこの作品を思った。この作品は句集『蘆刈』の中にでてくるもので昭和十三年の作と考えられる。水原秋櫻子は最初にでてくる松の表記を色紙での染筆においては〈万津〉の表記を用いているようである。〈むさし野〉は関東平野の一部であり狭義には埼玉県川越以南東京都府中までの地域、また広義には武蔵国全部をさす。徐々に消えてゆく武蔵野の面影をなおも残しているめでたい松の木がしのばれる。又〈松籟の武蔵ぶりかな実朝忌　石田波郷〉というゆかしい作品もある。

〈松（マツ）〉の語源は十五種類ほどの説がある。久しく齢を保つところからタモツの略転。神を待つ意からマツ。よく霜雪の時期を過ごすことからマタク（全）の意味。葉がまつげに似ているから。メアツ（芽厚）の意味。葉が二叉に分かれていることからマタの転。等々音韻上からいろいろと考えられている。又昔の人は松のあぶらで火をともしたからマツという説もある。古くは火のことをマツと呼んだという。沖縄では火をオマツというのだそうだ。又台所の火を管理する女性にオマツの名をつけて呼んだこととも関係があるという。万葉集において松は単独の植物としては萩と梅に次いで沢山詠まれているのである。〈黒松の丘から月や西行忌〉の作品ではいかにも武人西行の雰囲気が黒松からしのばれてくる。西行の『山家集』においても櫻の作品に次いで松の作品が非常に多いことから西行も松をたいへんに愛していたことが知られよう。

〈世を避けし詩人の恋や松の花〉の作品における松の存在にも興味を強く引かれてならない。〈松の花〉は〈松の蕊〉ともいう。春の季語である。〈松の花〉は〈花〉とはいっても華やかさはなく全く地味な花である。だから〈松の花〉は〈世を避けし詩人の恋や〉にふさわしく思われてくる。この句にでてくる〈恋〉と〈松〉の関係に着目すると、私は常陸国《ひたちのくに》風《ふ》土《ど》記《き》にでてくる童子女《うなゐ》の松原の説話を思い出す。香島郡《かしまのこほり》に男女の僮子《うなゐ》がいた。僮子とは子供の髪形〈うなゐ髪〉をしている男女で子供でないのにこの髪形をしていたのである。名前を那賀《なか》の寒田《さむた》の郎子《いらつこ》と海上《うなかみ》の安是《あぜ》の嬢子《いらつめ》という。二人とも美男美女で知られ噂を聞いて逢いたいと思っていると歌垣で出会い歌を詠みあう。二人は歌垣の場を避け松の下に隠れて愛を語りあう。それから突然の夜明けに人に見られることを愧《は》じ松の木になる。郎子を〈奈美松《なみまつ》〉といい嬢子を〈古津松《こつまつ》〉という。二人が松になったのは社会のタブーを破った制裁とする解釈と個人の恋が永遠性を持ってながらえるためには孤立する必然があったとする解釈がある。後者の立場をとると恋が永遠の物語として残ったことになる。この句に即して考えるならば〈世を避けし詩人〉は死後不滅の名声を獲得するかもしれない可能性を秘めてもいるのである。不遇の生涯を送り死後名声をほしいままにするという型はいかにも詩人らしいタイプであろう。

梅干に塩の結晶今朝の冬
名水の流れに洗ふ蕪かな
萩叢に一点の紅今朝の秋
新豆腐沈む羽黒の山の水
月光の砂に滲み入る詩仙堂
咲きかかる梅の小枝を箸置に
窯出しの壺たたき割る寒椿

これ等の作品の持つ簡素にして潔い美学は、いかにも古武士にふさわしい風格であり品位をそなえた世界である。次の作品は潔く俳句にかけた志をよく伝える作品である。

更待や繰りて手擦れし七部集
俳諧のありてぞ生くる藪柑子

11章　ウイットの味覚——村井和一『もてなし』

句集『もてなし』は村井和一の四冊目の句集である。この句集は二〇〇五年（平成十七年）十二月二十日に発行されており、現代俳句協会発行のシリーズ〈現代俳句の一〇〇冊　82〉として出版されたものである。句集『もてなし』の構成は第一句集『洪笑美族』の抄録、第二句集『未然』の抄録、第三句集『敗北主義・正編』の抄録とそれ以後の作品となっている。なお三句集以後の作品において〈待遇〉と〈互楽〉という二つのタイトルがつけられている。このようにみてくるとこの句集『もてなし』は現在の村井和一の作品世界が全体的に俯瞰できるようになっている。更に加えて本著には村井和一によるエッセイ〈動機不純〉と〈わたしの場所〉という二編が収められており、大畑等による解説〈村井和一の危険な「もてなし」〉が書かれており、詳細な年譜も付されている。従って本著を熟読することによって村井和一の作家的風貌を多面的に把握することができるであろう。本著題名の〈もてなし〉の命名に関して村井和一は〈あとがき〉において次のように述べている。

近くの書店に行くと、俳句関係の本は「趣味・娯楽」の棚に並んでいます。私はそれに違和感を感じないので、「娯楽」というファイルを作って、日頃の俳句を蓄えておきました。

そうすると、この句集は「娯楽」と命題するのが適当なのかもしれませんが、それでは、人生を賭けて俳句を作っておられる人から反感を買いそうです。娯楽を英語でいえば「エンターテインメント」。エンターテインメントには、「もてなす」という意味が含まれています。そこで「もてなし」という題にした次第です。

大畑等は解説の中で〈僕の俳句の根っこは落語と雑俳です〉と村井和一が語っていたことを披露している。もともと〈俳句〉の〈俳〉は〈一般人と変わったことをして人をおもしろがらせる芸人の意を表わす〉ものでその結果として〈たわむれ・おどけ〉となる。又俳句には〈ざれうた〉の意味も含まれていよう。このような文脈において村井和一は江戸俳諧の流れを汲む正統派俳人であるともいえるのである。

秋茄子の夢は眼鏡をかけて見る　（『洪笑美族』抄）
舌頭の飴の一転する寒さ　（〈待遇〉）
野菊まで運賃九百八十円　（〃）
先師曰く蟹の足食う男かな　（〃）
世に経るも皿にサラダを盛りあげる　（〃）
お寒ムこ寒ムねずみが髭をそらぬ寒ム　（〃）
この道や甘口辛口寒気団　（〈互楽〉）

私はこれらの作品を読みながら作者村井和一のいたずらっぽいまなざしで笑いをこらえている顔を思い浮かべてしまう。引用の俳句にみられるもじり・パロディーの小気味の良い切れ味をあじわうのである。

旅に病《やん》で夢は枯野をかけ廻《めぐ》る　（笈日記）

句調《ととの》はずんば舌頭に千転せよ　（去来抄）

野菊までたづぬる蝶の羽おれて　（冬の日・はつ雪のの巻）

和ス二角ガ蓼蛍《たでほたる》ノ句ニ一

あさがほに我は食《めし》くふおとこ哉　（虚栗）

手づから雨のわび笠をはりて

世にふるもさらに宗祇のやどり哉　（虚栗）

旁舎《ぼうしゃ》買フレ水ヲ

氷苦《にが》く偃《エン》鼠《そ》が咽をうるほせり　（虚栗）

所思

此《この》道《みち》や行《ゆく》人《ひと》なしに秋の暮　（其便）

さきの村井和一の作品の背景に私は右に引用した芭蕉の作品を思いみてしまう。多分村井和一のこの種の作品において背景の対象となる作品を知らなければ、解釈の基礎はほぼ台無しになるであろう。村井和一は読者に厳格な教養主義を要求するのである。江戸俳諧にあっては当然の教養であったはずである。結果として村井和一の場合は知的共同体つまり知的に洗練された連衆のみを読者とするのだという固く潔い決断が存在するのであるといえるであろう。

絮吹けば五十万年飛びますねん　（『敗北主義・正編』抄）
シフヤ区のカラスホテルに雪月花　（〃）
久羅下那州多陀用弊流女の髪殺意　（〃）
和を以て骨肉となすひきがえる　（〃）
男つらけりゃ豆腐もつらい梅の花　（〈待遇〉）
見渡せばハゲ・ハト・トマト秋の暮　（〃）
満月ドコサヘキサエンサン床屋さん　（〃）
むかしあるところの姫さまの汗甘かった　（〃）
とりいそぎ梅に鶯的痴呆　（〈互楽〉）

俳句文体の実験的作品ととれる。一句目の〈…ねん〉は〈五十万年〉の〈年〉と韻を踏みつつもある種の関西の方言の使用とも解釈できるであろう。二句目と三句目に対して大畑等は〈解説〉において次のように指摘している。

また、次のような句は古文の表記をふまえての遊びである。
シフヤ区のカラスホテルに雪月花

古文の表記では濁点を打たない、そして雪月花の花以外を訓読みするという遊びである。「渋谷区のカラスホテルにゆきつくか」となる。いや、までガラスホテルもあり得るな、という具合。

久羅下那州多陀用弊流女の髪殺意

古事記の上つ巻の「別天つ神五柱」に出てくる。かな交じり文では「海月なす漂へる」と書かれている。太安万侶は序文で上古の日本語を漢字で表記することは甚だむずかしい。一句の中に音訓を交用した、とその苦労を書き留めている。前の句に戻るが、雪月花を「ゆきつくか」と読ませるのも、安万侶的苦心を遊んでみたとも想像できる。

右の引用から分るように村井和一は文体的実験を古事記にまでさかのぼってみせてくれるのである。四句目の〈和を以て骨肉となすひきがえる〉では〈和《やわらか》なるを以て貴《とうと》しとし、忤《さか》ふること無《な》きを宗《むね》とせよ〉（融和することをもっとも尊重し、従順であろうとつとめなさい）という聖徳太子の「憲法十七条」の第一条を背景にしているであろう。五句目は「男はつらいよ」の寅さんの口ぐせを俳句に取り入れた。六句目は尻取り遊びである。〈ハゲ〉の〈ハ〉は尻でなく頭であるがその〈ハ〉をひきついで〈ハト〉と結び、〈ハト〉の〈ト〉の尻取りで〈トマト〉とつないでいる。七句目は〈ドコサヘキサエン酸〉という不飽和脂肪酸の名称を用いて一句にしたてている。八句目は昔話のはじまりの決まり文句である〈むかしあるところ〉を用いている。尚〈汗〉は普通〈塩の味〉がするのがつねであるところを〈汗甘かった〉と甘美なエロスのほのめかしをするようである。九句目は手紙の文章でよく使われる表現であるとみる。〈とりいそぎ〉という言いまわしに〈梅に鶯的痴呆〉とつなげて滑稽感を出していると思う。いずれにしても村井和一が俳句文体において相当な冒険をして俳句を楽しんでいるようだ。

虫ぎらいきらいと行くとあじさい　（『未然』抄）
薄命の白鳥のはばたきがしみる歯　（〃）
たべるしゃべるくちびるすべるもぬけの殻　（〃）
真夏には死にたくないが仕方がない　（〈待遇〉）
冬至風呂おにぎりにぎり義理人情　（〈互楽〉）

村井和一の詩的冒険心は俳句文体の諸実験にとどまらない。俳句の詩的韻律にもその探究心は及ぶこととなる。村井和一自身ややウイットの味をかもしだしつつもそっと本音を〈しあわせやあやめもしらぬ語呂合せ　（〈互楽〉）〉と俳句にしのばせている通りなのである。おおむね詩の韻律においては同音反復の方法は三通り存在するといえよう。一番目は語頭の音がくり返される場合であり、これは頭韻と普通呼ばれている。二番目は語尾の音がくり返されるもので、脚韻と言われるものである。三番目のものは語の中間部の音がくり返されるもので中間韻と呼ばれている。おおむね詩における同音反復はこの三つに尽きるといってよい。但し実際にはこれらの三種類のものが複雑にからみあう場合もしばしばみられるところである。村井和一が音韻の面においていかに高度で高級な遊びを試みているかを知るために、引用の五句について考えてみたい。

むしぎらい　　　　はくめい　の　　　　たべる
　きらい　と　　　はくちょうの　　　　しゃべる
　　いくと　　　　はばたきが　　　　　くちびる
あ　じさい　　しみるは　　　　　　　　すべる
　　　　　　　　　　　　　　　　　もぬけのから
　　まなつには　とうじぶろ
しにたくない　　　おにぎり
　　が　　　　　　にぎり
しかたがない　　　　ぎり
　　　　　　　　にんじょう

分りやすくひらがなで分かちがきをするとはっきりする。一句目の主調音は〈い〉である。〈むしぎらい〉・〈きらい〉・〈あじさい〉にみられる〈い〉は脚韻的効果を発揮するが、〈いくと〉では頭韻的な〈い〉となる。二句目の主調音は〈は〉である。〈はくめい〉・〈はくちょう〉・〈はばたき〉の〈は〉が頭韻をなしているが、〈しみるは〉と脚韻的響きも加わっている。三句目は〈る〉の脚韻が主調音をなしている。〈べる〉が三回と〈びる〉が一回でてきている。ここで四回BとRの音の組み合わせが繰り返されるが、更に〈から〉の〈ら〉がRの音の脚韻に加わっている。四句目では〈しにたくない〉と〈しかたがない〉が類音反復をなしていることに気がつくであろう。五句目では〈ぎり〉が三回でて脚韻的効果がいちじるしいが、〈とうじぶろ〉の〈ろ〉がRの音として〈り〉の連続につらなっている。又〈にぎり〉と〈にんじょう〉が頭韻をなしている。このように俳句の音韻的側面からも革新的試行がなされているのである。

波打際のアップルパイは温かい　（〈互楽〉）
満天星の白い雫をたなごころ　（〃）
雁の棹入日の中を曲りけり　（〃）

〈美は珍奇からはじまって滑稽で終る〉とは三島由紀夫の言葉であるが、なるほどと思いつつも、右の三句をみると村井和一の中では美はなおも生き続けていることを感じてならない。

12章　ありのままの光――越村　藏『岩枕』

句集『岩枕』は越村藏の第一句集である。この句集は二〇〇五年（平成十七年）七月十一日に角川書店より発行されている。この句集の構成は六部に分かれており、全部で三百十六句収められている。著者あとがきによれば、高校時代からの四千句を絞り込んだとのことである。尚句集の分類は編年体でもなく、四季別分類でもないので、著者独自の考えから全体を六部構成にしたものと想像する。

句集名とした〈岩枕〉は〈石を枕として旅寝すること。またその石（岩）〉と広辞苑にはなっている。もう少し詳しくみてゆくと〈岩枕〉は秋の季語とも考えられていることが分る。『日本国語大辞典第二巻』（小学館）によると次の通りである。

①石の枕。また、岩を枕にすること。野宿すること。和歌、俳諧では七夕に関して用い、天の川原で牽牛と織女が石を枕にして寝ることにいうことが多い。岩がね枕。

尚この意味における例として二つの和歌があげられている。〈あが恋ふる丹《に》の穂の面わ今宵もか天の河原に石枕《いはまくら》枕《まく》〉（万葉集）と〈たなばたのあまの河原のいは枕かはしもあへずあけぬ此夜は〉（散木奇歌集）の二つである。この句集の序において鳴戸奈菜は〈「岩枕」の意味するところは「草枕」に近いが、より厳しく男性的だ。〉と述べている。

「岩枕」という句集名は、沖縄戦にあって、壕を転々としながら亡くなっていった人たちへの思いから生まれたものです。古い句帖を見直していて、ひめゆりの塔を訪れた際に詠んだ、「岩枕」の入った三十句ほどの作品群にぶつかりました。三十一ページに載せた、

　岩 枕 い た く も あ ら む 沖 縄 忌

はそれらの中にはありませんでしたが、この句集を編んでいたいまの私に、ある夜、誰かに囁かれでもしたように突然生まれました。その時の感動をいまも私は忘れません。

著者越村藏はこの句集のあとがきにおいて右のように句集名について述べている。尚この句集には九八ページに〈岩枕月の光の降りまさる〉という〈岩枕〉を詠んだ作品をもう一句発見することができる。

私は句集『岩枕』を通読してまず注目したのは樹木をテーマにした作品である。これ等の作品はあるいは地味なので見すごしがちになってしまうのかも知れないが、確固たる作者の意志が樹木をテーマにしたものにみることができよう。

　斧 始 こ の 谷 こ だ ま 始 な り

ひと揺すりされてまた減る落葉籠

落葉松は一大炬火《たいまつ》散れば消ゆ

竹伐つて切りて削つて竹とんぼ

流木の墓場まで蘆刈り進む

大木を仰ぎひこばえ見て帰る

萩を刈る一枝は花の盛りなり

菊日和けやきもつとも素直な木

黄落のいのち埋むるごとはげし

大寒や欅の幹の剝がれをり

花守の自慢の一樹谷にあり

次の世はさくらと生れてひと恋はむ

山眠る木の根は水を蓄へし

をんな坂下りにつかふ初ざくら

枝と根を等分にして冬木なり

樹木の存在感と樹木に注ぐ愛情のまなざしがこれ等の作品にいきいきと根付いているのを知り好ましく思われる。〈斧始この谷こだま始なり〉において、恐らくは一年で初めて伐採される木の存在がこだまとなりて初空をかけぬけてゆくのであろう。樹木にとっては伐採は死を意味するものであっても、人間にとっては斧始は重大な生活のいとなみのはじまりである。この大自然の厳しい関係が俳句の中で強調されているのである。〈ひと揺すりされてまた減る落葉籠〉では、はじめはかさばっていた落葉が揺すられて減ってゆくその作業の中で頭上にそびえたつ沢山の葉を落とした樹木の存在を感じることができるであろう。更に〈山眠る木の根は水を蓄へし〉や〈枝と根を等分にして冬木なり〉といった作品の中に目で見えないものを見るイマジネーションの眼力を発見することが可能である。従って〈斧始〉から〈冬木なり〉に至る作品に共通してみられる特色として、言外の存在への言及をみてとるのである。俳句の技法としても実に骨法をよくとらえた、かつよくわきまえた、省略のわざと呼べるものであろう。ここに私は作者越村藏の長年にわたる俳句のキャリアが巧みに生きていることを知り喫驚を禁じ得ないのである。作者は又樹木に対し深い愛情ゆえの感情移入を時としてすることがある。〈流木の墓場まで蘆刈り進む〉・〈菊日和けやきもつとも素直な木〉・〈次の世はさくらと生れてひと恋はむ〉等に発見できる感情にひとごとでない愛情を樹木に注いでいることが分るのである。〈流木の墓場〉・〈素直な木〉・さくらへの変身願望、いずれの場合にも単なる擬人法的把握といった俳句テクニックの問題を突き抜けた、作者の樹木に対する精神的姿勢をもみてとることができるのである。その作者の心は〈落葉松は一大炬火散れば消ゆ〉や〈黄落のいのち埋むるごとはげし〉等の作品において絶頂を迎えるのだ。

ありのままの光りのなかの白牡丹
秋茄子をやまむらさきの色とおもふ

水いろのきちかう風の帆のかたち
福寿草ひかり込み合ふところかな
透明な傘より見上ぐ冬の虹
花挿して鎖してありぬ浮御堂
瑠璃琥珀まんだら走る蜥蜴かな
水打つて水にたてがみ生まれけり

微細なものに対する審美眼に作者独自のものがみられる。これ等の作品は極小の詩形である俳句というところを得て宝石の輝やきを放ちきらめいている。いずれを取っても美のすばらしさを感じとることができるが、例えば〈透明な傘より見上ぐ冬の虹〉の美しさを、殊に日常性の中の美として把握している作者の技量のすばらしさを思うのである。更に加えて言えば〈水打つて水にたてがみ生まれけり〉の単なる水の変化の一瞬の形象をとらえて、〈たてがみ生まれけり〉と言い放つ詩人の眼は、子規以来の俳句の念仏とまでなっている、客観写生の眼でもあって、なみたいていの修練でないことを物語っている。〈花挿して鎖してありぬ浮御堂〉では何といっても〈花挿して〉の奥床しさが好ましく、あの気味の悪い蜥蜴が〈瑠璃琥珀まんだら走る蜥蜴かな〉と言われるとなるほど美しいものだと思われてくるから不思議である。

かなかなや人追ひ越してひとりきり

つま恋へば黄をひとつ足す石蕗の花

このごろは人を憎まず鬼は内

たれかれにあらず私の絵踏なり

死の準備はじめる冬の机から

しあはせか幸せさうか毛糸編む

深い心境が表現されている作品は、数の上からみると厳選されている。しかしこころなしか作者の淋しさを漂わせて、独自のペーソスの世界を醸している。〈かなかなや人追ひ越してひとりきり〉は一般論で言うならば、勝者の悲哀を歌ったものと受けとることができそうである。世の中の生存競争に明け暮れて、とりあえず〈人追ひ越して〉得たものといえば、〈ひとりきり〉という孤独なのであった、とこの句は読めてしまうのである。〈このごろは人を憎まず鬼は内〉では〈鬼は外・福は内〉とひたすら外敵を怖れおのれの幸福を願うという心境が変化をみせている。つまり外の存在、他の人々を憎まなくなったと述懐して、そのかわりに〈鬼は内〉であるとの結論に達したのである。〈死の準備はじめる冬の机から〉の作品は極めて淋しい心情を誰に言うともなく呟くようである。文筆業にたずさわる作者にとって〈冬の机から〉はきわだって現実的な実感であろう。

水中を颪の迅さの針魚かな

掌のなかで森青蛙ふくらみぬ

螢火の消えてこの世に誰か来る
雨粒の最後が落ちて梅雨あがる
大夕立天のしづくもまじりたる
ひきがへるひつくりかへる大音響
草むらに草の貌出すきりぎりす
大鯉の命ぶつ切り年の市
よろづ世を映して古き泉かな
滴りのなかの宇宙ののびちぢみ

平凡な世界も実は気がついてみると非凡な神秘にあふれた世界でもある。普通人々は日常性という安全な服に守られて、こうしたことには気がつかないだけなのかもしれない。作者は違う。世界の存在のひとつひとつに驚いてはこのような作品に刻印してゆくのである。〈水中を風の迅さの針魚かな〉の作品では水中を風が吹きぬけてゆくのを感じているのである。水中を風が吹くという世界を発見した人が今までいたであろうか。ここに作者の詩的感性の独自性を認めざるを得ないのである。一方では〈雨粒の最後が落ちて梅雨あがる〉と述べて、確かに作者は梅雨の最後の雨粒の一滴を感じているのである。そうかと思うと〈ひきがへるひつくりかへる大音響〉の作品であのガマガエルがひっくり返るとき〈大音響〉を作者は耳にするのである。例えば〈大音響〉という語に着目すると〈蝶堕ちて大音響の結氷期〉という富沢赤黄男の作品が有名であるが、この作品における大音響の持ち味はいささか異なっているものと解釈できる。私はこの句はある意味でユーモアの滑稽の作品として受けとってしまう。鳥羽僧正覚猷《かくゆう》描く〈鳥獣戯画〉の蛙をも思い出す。そもそもこの句の上五と中七を思い出せばすぐにその感覚に気付くはずである。〈ヒキガエル〉・〈ヒックリカエル〉と美事な類音反復の中に作者のユーモアが凝縮していることを発見するのである。〈滴りのなかの宇宙ののびちぢみ〉の中に極大の宇宙が極小の宇宙に存在するというある種の神秘的発想が、具体的な目に見える姿と形で提示されているようである。作者はたった一滴の水の滴りの中に宇宙を認めているのである。そしてその滴りの宇宙はのびちぢみするというのである。その感覚は大宇宙では質量の変化により光や時間までのびちぢみしているあり様をほのめかすようでもあり興味深い。

読初やむかしの人と話せむ
大好きな子規と会ひたる昼寝覚

序文において鳴戸奈菜によれば作者越村藏は古俳諧に造詣が深いということであった。古俳諧好みにして子規好みの作者は読初や昼寝覚でこれ等の人々に出会うのである。まさに越村藏は古いものに造詣が深いのである。古いものといえば〈古い木は燃やすべきであり、古い酒は飲むべきであり、古い友は信ずべきであり、古い書物は読むべきである〉とベーコンは語っている。

13章　内面を見つめて――対馬康子『天之』

句集『天之《てんし》』は対馬康子の第三句集である。この句集は二〇〇七年（平成十九年）七月十一日に富士見書房より発行されている。この句集は五部に分かれている。〈緞帳（平成九年～十二年）〉・〈早春（平成十三年～十四年）〉・〈初雪（平成十五年）〉・〈白服（平成十六年）〉・〈天使（平成五年～八年）〉の五部構成となっている。この構成は一部から四部までが平成九年から平成十六年までの編年体になっているが、五部は平成五年から八年までの作品となっている。年代順からすれば五部がいちばん最初に来るべきであるが、最後に置かれている。作者は平成五年からバンコクでの海外生活を送った、とあるので恐らく海外詠ということで五部にまとめたものであろう。著者の〈あとがき〉には〈ここに納められているのは私の四十代です〉と書かれているように、四十代の十年間の作品がまとめられた句集である。〈俳句という詩が表現できる真実。時間を創造し、風土を顕現せしめ、新たな関係性を創造するという喜びをあきらめることなく、自己の内面を見つめていきたいと思います。〉と句集の〈あとがき〉において著者は自己の俳句に対する抱負を述べている。

古本のサリンジャーなど麦茶冷ゆ

『天之』の中でまっさきに私の目を捉えて離さなくなった作品である。この作品は外国文学のアリュージョンを巧みに駆使しつつ日本的感覚を浸透させるという見事な手際が際立っているように感じられてならない。対馬康子の師である有馬朗人は〈対馬康子さんは、短詩型の持つ乾いた抒情と、詩精神に溢れ、しかも長く海外に滞在し、国際性を持った俳人として、私が最も期待している一人である。〉と『天之』の帯文で語っている。有馬朗人の帯文の言葉を最も良く具現化した作品がこの一句であるともいえるであろう。なぜなら右の一句には乾いた抒情と詩精神と国際性が絡みあった形で成立しているからである。私はまずこの一句の〈古本のサリンジャーなど〉というフレーズに敏感に反応してしまう。そして村上春樹の文学の根っこを思いみるのである。「タイム」（平成十九年八月二十日号四六頁）によれば村上春樹の初期の文学は日本文学でなく青春時代に神戸港で買って読んだ外国文学のペーパーバックの古本から生まれてきたものなのだという。まさにそういう雰囲気をこのフレーズから感じてしまうのである。右の句の下五も実にトリッキーである。〈麦茶冷ゆ〉という下五を置いた作者のエスプリはなんとも心憎いまでの巧妙さである。〈卓袱台の麦湯に若き父がいる　中鉢陽子〉・〈何時客があっても麦茶冷えてをり　辻口静夫〉などの句が〈麦茶〉の雰囲気をよく出していると思う。

大麦を炒って煎じた夏の飲み物。冷やして飲む。香ばしくカフェインが含まれていないので、水代わりに飲まれる。元祖は粉にしてお湯に溶かしたが、天保年間（一八三〇～四四）に麦湯売りの屋台が出現、明治になって家庭で作られるようになった。現在は冷水に入れるパックやボトルで売られている。

（西山　睦）

右の引用は『角川俳句大歳時記　夏』（一八六頁）の〈麦湯――麦茶・冷し麦茶〉の項の〈解説〉である。私は右の引用からも分るように〈麦茶〉に対して極めて日本的風味を感じてならない。ヨーロッパから入って来たコーヒーや紅茶はもとより緑茶ですら中国渡来の印象が強く残っているのに対して、なぜか〈麦茶〉は和風の印象が強いのである。たとえ歴史的には外国から入ってきたという事であっても、私のこの印象は変わらないであろう。話を作者の意図に戻して考えるならば、この一句は古本のサリンジャーの小説など読んで冷し麦茶を飲もうなどという大雑把な句ではないはずである。ジェローム・デイヴィッド・サリンジャーは一九一九年にニューヨークで生まれたアメリカの小説家である。彼は一九五一年に発表した一篇の長篇小説で一躍有名になる。その小説は『ライ麦畑でつかまえて』というものである。大喜利の謎掛け風に言えば、〈サリンジャー〉とかけて〈麦茶〉と解く、その心は〈ライ麦畑でつかまえて〉。ということになるのだ。

滝水の一糸まとわぬまま凍る
耳立てて林檎の兎沈めおり
莢豌豆もがれた羽のごと洗う
風食べるように弾けて更衣
白玉は恋の初めのように浮く

一枚の紙裂く音の氷河かな
火口湖の深さを秋の天という
白菜の一枚ずつの冬陽剝ぐ

対馬康子のエスプリは文学的アリュージョンにとどまらない。引用した作品にはエスプリが比喩の方面で発揮されたことを知るのである。新鮮で斬新な手垢のついていない比喩はある時は鋭く、ある時は美しくわれわれの胸に刻みつけられてゆくのである。第一句では、滝と糸との関係は例えば〈白糸の滝〉の場合のように比較的親しいものであるが、凍て滝のドラマティックな光景を〈一糸まとわぬ〉と叙して大迫力画面に仕立てあげたのである。三句目の生気に満ちた傷みやすい莢豌豆をあの繊細な羽にたとえる眼力は非凡な優しさというべきであろう。五句目のお湯に浮いてきた白玉の心許無い不安で移ろいやすい感覚を〈恋の初め〉と言い当てるのである。詩的敏感力の極限をも感じさせるものがある。七句目においては、一句目の凍滝の絶景の時と同様に、大景を思い切った比喩で言い放つのである。地に口をあける火口湖は即ち秋の天と喝破するのである。

流星を両手で掬う洗面台
使われぬ夜には霧を吐く蛇口
スプーン一杯波をすくえばとどく月

遠いものと身近なものの関係を十七文字の極小の言語空間の中で実現するという詩的飛躍の才にも

対馬康子は恵まれている。しかも著者はこの才能を俳句において発揮するだけにとどまらないのである。既にみてきた〈あとがき〉の中で著者はこのあたりのことを〈新たな関係性を創造するという喜び〉としてとらえているのである。万物照応というものの出会いの関係性を重視する潮流はボードレールからロートレアモンに至るフランス詩に顕著であるが、対馬康子もこのような流れを意識している作家なのであることが良く分る。第一句において作者は洗面台であの光年の彼方から来ては去ってゆく流星をみずからの両手で掬ってしまうというのである。私はこの俳句は宇宙の一瞬を洗面台において掌中のものとしてしまうことの象徴ととってしまう。パリに住む十六歳四ヶ月のイギリス人少年マーヴィンの美貌を〈解剖台の上でのミシンと傘の不意の出会いのように美しい〉(『マルドロールの歌』第六の歌—一)とロートレアモンは表現したのであるが、こうした詩的飛躍の極限に挑んだシュールレアリスト達の気分を例えば右に引用した三つの俳句作品に私はうすうすと感じてしまうのである。但し『悪の華』から〈悪(マル)〉と〈苦しみ(ドロール)〉の歌である『マルドロールの歌』に貫流する〈悪〉という毒が俳句において致死量に達していないことに私は秘かに安堵を覚えるものである。

鉛筆が木であった日の冬の空
遠き世の春夕焼の玻璃の泡

これらの句は時間を過去へと遡上してゆく作者独自のイマジネーションの働きが顕著である。例えば一句目のようになにげなく手にした鉛筆の木がまだ生命を宿していた頃のことを作者は、回顧するのである。鉛筆の木が幹から枝を伸ばして更に木の上に広がる冬の空を思いみるのである。あるいは今作者が目にする冬の空と同じ冬の空が、茂っていた頃の鉛筆の木の樹上に広がっていたのかとも想像しているのかもしれない。更にイマジネーションを逞しくすれば鉛筆の木は葉をまとっていたのだろうか、あるいはことごとく葉を落とした枯木であったろうかなどと疑問が浮かんでくるであろう。冬空に風が吹き雲が湧いてくるように作者は鉛筆の木の生命に思いをいたすのである。二句目の作品も同様にいにしえの時の流れを遡行する思いが濃厚である。しかしこの場合一句目の生命を持っていた有機物とは異り玻璃という物理的に変性の少ない安定性の高い無機質の物体を対象としている。従ってある種の不変の永遠性の感覚の中でこの玻璃の生まれる瞬間に宿ったであろう空気の泡を見つめてイマジネーションをふくらませるのである。この句の場合は〈春夕焼〉という季語を用いて美化しているのである。

コスモスの真只中のヘリポート
地下鉄に白い金魚のゆれている
盆の月あり透明なごみ袋
大木に影が飛び出す半仙戯

これ等の作品は現実の景色をあるがままに、詩的処理や文飾の計らいを行っていない。こうした素朴な実景描写の作品を句集の中に発見することができて、作者の詩的世界や表現方法を巡って絶妙のバランス感覚を確信することができる。一句目の実景は動を秘めた静の美しさがすばらしい。普段は風にたわむれる程度の一面のコスモスの花畑が広がっているが、ヘリコプターが離着陸をするときの風の渦が一面のコスモスをへし折るばかりにたわませる場面をも想像させて美しい。私は三句目の〈ごみ袋〉を題材にした作品にも不思議な日常美を感じてしまう。あのまんまるの明るい盆の月の光が透明のビニールのごみ袋の中を通過してゆくばかりの景なのであるが、不思議な日常美がひそんでいるように思ってしまうのだ。又実景ではあるが二句目の〈白い金魚〉にはいいしれぬ不安感がつきまとっているように感じられ、恐らく現実には透明のビニールにつめられた水に漂っている金魚なのであろうが、私には決してさきの透明なごみ袋のような感覚は持ちえないのである。四句目の視点はブランコの三次元の運動を平面を往復する二次元運動に変換しているものとなっている。なかなか巧妙な視点である。

点滴は遠い枯野の中落ちる
毛糸編む余命の他に何もなし
骨痩せていくことが母蟬時雨
骨拾う秋の日の闇のかたまり
初雪は生まれなかった子のにおい
あの朝が死ぬ朝だった鉄線花

対馬康子は俳壇へゲモニーの中枢にあって真実の世界を見続ける冷徹な視線を保持してやまない。この姿勢はややもすれば世俗的成功によって芸術的努力を放棄してしまう多くの芸術家の仲間達とは峻別されるべきものといえる。例えば引用した諸作品のような人間として避けることの出来ない諸々の出来事をも誠実に俳句に刻し続けてゆくのである。『赤双紙』によれば芭蕉は臨終の枕もとで常に風雅の誠を求めて日常生活そのものが俳諧と一体になるようにせよ、との教えを説いたことになっている。まさにこの教えを対馬康子は厳しい眼前の世界を前にしながら貫いているのだ。風雅の誠を責めることはすなわち内面を見つめ続ける努力なのだともいえるであろう。

肉体にとっては幸福だけが救いである、しかし精神力を増大させるのは悲しみである。

（マルセル・プルースト『失われた時を求めて』）

14章　利他主義と菩薩道――西村我尼吾『西村我尼吾句集』

句集『西村我尼吾句集』は二〇〇二年（平成十四年）十二月十六日初版発行とある。この句集は芸林書房から出された〈芸林二十一世紀文庫〉の俳句シリーズの一巻として出版されている。俳句シリーズが本句集まで出版されている段階ではメンバーとして格段に若い作家として著者は参加している。他の参加メンバーを少しあげれば金子兜太・森澄雄・佐藤鬼房・能村登四郎・飯田龍太・鈴木真砂女等がいる。この句集は文庫版で一二八頁と体裁はいささか地味である。但しこの『西村我尼吾句集』に限っては功成り名遂ぐといった作家のアンソロジーの趣きは微塵も感じられない。この文庫版の句集から西村我尼吾の恐ろしいほどのエネルギーが発散されているのである。この句集の構成は二部に分かれている。第一部は一九九八年（平成十年）に刊行された西村我尼吾の第一句集『官僚』が収められており、第二部は〈官僚以後〉というタイトルになっている。従ってこの句集が年代順になっているのであれば、第一部は一九九八年以前であり、第二部は一九九九年（平成十一年）から二〇〇二年（平成十四年）に至るものと推定できる。但し第二部に関して内容からそう推測できるのであって確固たる根拠はない。

句集の説明が長くなったがこれは『西村我尼吾句集』の句集としての位置の特殊性がそうさせたも

のである。今後西村我尼吾が句集を出すのであれば、この句集は第一句集と第二句集の合体したものと見ることができるが、もし出なければこの句集が完結した文字通りの『西村我尼吾句集』となるであろう。西村我尼吾は第一句集『官僚』というタイトルに象徴されるように官僚というイメージを前面に押し出している。大橋越央子・富安風生・岸風三楼・有働亨等のように俳人として高名な官僚はそれほど珍らしくはないし、『万葉集』にも官僚作家の一群を認めることができるのではなかろうか。このあたりのことについて金子兜太は『西村我尼吾句集』の「解説」の末尾で次のように記している。

官僚で俳句を好む人のほとんどが、大先輩富安風生のように、官僚とは別のところにいてつくってきた。しかし西村我尼吾はまったく逆。官僚である自分を主題とし、その意図を句集名としても明示した。西村俳句は、近現代俳句史のなかでも独特な出現であることをはっきり承知しておきたい。

こうした事を知ると思い出すのは唐の時代の詩人達である。例えば杜甫は四十四歳の時初めて仕官するが結局は官を辞して湘水を旅する船の上で客死する。李白も四十二歳で翰林供奉《ぐぶ》となっているが、安徽省で没する。このあたりを知ると誰でも官僚の道を一度は辿ることが分るが全うすることは外面的理由であれ内面的理由であれなかなかむずかしいことが理解できる。緒論で結論を提示するのは論の構成上芸のないことではあるが、官僚に関しての結論を述べておきたい。私は西村我尼吾を中唐の文豪と呼ばれる韓愈になぞらえてみたい思いにかられている。韓愈は三歳で父を失い二十五歳で進士に及第して、幾たびも左遷されることをくり返しつつも官僚の頂点へ登りつめる。加えて韓愈は唐宋八大家の一人に数えられるに至っているのだ。いわば官僚と詩人を極めた人物が韓愈である。西村我尼吾も官僚と俳人を極めつつある人物と私には見えるのである。この意味から〈西村俳句は、近現代俳句史のなかでも独特な出現〉という金子兜太の言葉はよく納得できるのである。

空蟬の容《かたち》に客死せる詩人
風花は落ちゆく武者のごときもの
灼熱の女陰に入りしごとき闇
白骨のごとき牛ゆく旱かな
流木の蛇泳ぐごとメコン行く
ふるはせて慕情のごとき若葉かな
伸びてゆく油膜のごとく雁渡る

たとえるものとたとえられるものを直接比較するものを直喩というが、西村我尼吾の直喩はよく切れる日本刀のように鋭く妥協を許さない。例えば〈客死せる詩人〉は〈空蟬〉であり、〈落武者〉は〈風花〉であり、〈闇〉は〈灼熱の女陰〉というように詩的飛躍は鋭くユニークである。このような激しい比喩の一方で〈ふるへる若葉〉に〈慕情〉を感じる抒情派の側面をも覗かせるのである。西村我尼吾は〈はがね〉と〈ビロード〉の肌合いを持つ稀有の詩人なのである。

伊太利亜の松かさ梟かと思ふ
臨月の積乱雲のまつただ中
積乱雲雷《いかづち》をいまみごもりぬ
ほのかなる闇は赤色夏田暮る
森を出てわが心臓は紅葉す
サーファーの濤の屋根までつきやぶる
渡される完熟トマト赤頭巾
桃花江豊かな女体梅雨に濡れ

〈ごとし〉・〈ようだ〉・〈のかたちの〉等といったつなぎの言葉を用いる直喩に対して、そういうつなぎの言葉を用いずにいきなり比喩される語と比喩する語をつなぐ表現は隠喩と呼ばれる。右の作品は隠喩の使われた作品である。〈臨月の積乱雲〉・〈雷をいまみごもりぬ〉・〈桃花江豊かな女体〉等の隠喩は女性的特色を強調して壮大なスケールの世界を描いている。更に自身の宇宙を描いて〈森を出てわが心臓は紅葉す〉は鮮血がほとばしるイメージが強烈である。この傾向に対して〈年上の重信には、感度旺盛な若者の、瞬発力の強いイメージが煩わしかったことか。しかしこの特色は、西村俳句の魅力の源泉でもあるわけなのだ。〉という金子兜太のこの句集の「解説」の言葉と重なりあうと思われてくる。

雨だれの一つの蛍眼をぬける
追ひすがる光の鞭よ群蛍
頭を越える蛍のしっぽ長かりし
暮れなづむ森の奥より蛍の目
一刀のもとに闇切る蛍かな
蛍沢一部始終を見て帰る

本句集の第二部とみなしうる〈官僚以後〉の最初の部分のタイトルは〈別子残像〉として蛍の作品が十句並んでいる。引用の作品はその中のものである。蛍をテーマにして作者の詩の翼が自由に飛翔している様子を知ることができる。しかもここでは比喩というものが単なるテクニックの領域にとどまることなく、蛍がみずからの体から発光しているように、これらの作品の中に西村我尼吾の精神が発光しているのである。

獅子の門笑ひつづけし熱風裡
アジアの友冬服を着て笑ひけり
泉湧く群青の水ふるはせて
バケツ持ち千里を歩く四月馬鹿
ビルを買ふ華僑とさるのこしかけと

一木の兵士の積乱雲の墓碑
屑鉄のごときアジアの夏の船
夏暮れてアジアの雲は低く厚し
ラオス暮れタイ夕焼くるメコンかな
大いなる寝釈迦のうしろ姿かな
ガルーダの翼はづしけり木下闇
父の壺売りてはるかに蟬時雨
湧水に老婆洗へり無き足を
枯山河大海原のただ中に
いわし雲大月書店資本論
入滅のなき壁画なり大暑の中
さつさうと摩天楼より神の旅
神童を集めて淑気精華の門
南宋に楼外楼や霞喰ふ

これらの作品は作品のみを見る限り東アジア地域でのさまざまな風景やスナップショットであるかのような印象を受けるであろう。しかし作者西村我尼吾にとっては一句一句が極めて重い意味を持っているのだ。いやそれは西村我尼吾個人ひとりの問題にとどまらない。彼が背負っている日本やアジアの未来がかかっているといっても過言ではないのである。関心のある人には『東アジア市場統合への道』（渡辺利夫編・勁草書房刊）の御参照をおすすめする。今後の世界の動きは世界各地の経済統合が大きな意味を持ってくることが理解されている。これに対する具体的取り組みはアメリカではNAFTA（North American Free Trade Agreement）としてヨーロッパではEU（European Union）として具体化しているのに対して、東アジアではそうしたものに類するものが殊に日本にとって焦眉の急であるはずなのである。恐らく日本の将来を見据えてそうした方向への努力を営営と西村我尼吾は積み上げているのである。アメリカ・ヨーロッパ・アジアの現場を体験した場数を踏んで来た上での経験は貴重なものと思えてくる。グローバリゼーションによって世界におけるディベロッピングカントリーとアンダーディベロッピングカントリーの間に今やシャッフルが始まっていることを知れば事は重大なのである。

西村我尼吾は未来の日本を見据えた世界戦略の実践にとどまらない。俳句の未来戦略を睨みその具体的振興策とシステム作りに奔走している。その具体的結果として「正岡子規国際俳句賞」（二〇〇〇年）・「二十一世紀えひめ俳句賞」（二〇〇二年）・「芝不器男俳句新人賞」（二〇〇二年）の創設に主導的役割を果たして今日に至っている。

敗者烈伝とは黄落に見しものか
イエスユダサタンも友よハローウィン
吹き起こる身のうちそとを夏の風

ソラマメの玉ころころころとほろ甘し
日脚伸ぶごと左遷との報至る
みつまたの花の盛りもさびしいぞ
タンポポの日本タンポポ白寂し

行動派で実力者と見えるポジティブな時にアグレッシブと思われる西村我尼吾の心理の襞を見るような気がしてくる作品群である。稀代の豪の者としての手腕を奮ってきた西村我尼吾の優しさが色濃く反映された作品であるが、オーガナイザーとしてプロデューサーとして組織のため世のため人のために全力を尽くしてもさまざまの蹉跌をきたすものが世の常なのだ。

万愚節大志は遠くなりにけり

前書に〈伊予潮蟬楼〉とあるが、私は特に前書によりかからなくともその気持ちは非常に良く分る気がしてならない。句の調子から中村草田男の〈降る雪や明治は遠くなりにけり〉の詠歎との響きあいを感じるが、さきに引用した七句との関連をも喚起させるものがある。西村我尼吾がＡＳＥＡＮに果たした日本の製造業の役割に関して〈それは、単に金儲けと言うだけではなく、戦後日本人の「エートス」の総体とでも言うべきものを内包していた。戦争の反省としての理想民主主義と絶対無私の慈悲の思想が一体不可分となり、製造現場でのそのような生き様を通して、アジアの後れた生産現場においいて、人知れず多くの奇跡を起こしていた。〉と述べている。〈絶対無私の慈悲の思想〉とはまさに菩薩のあり様であり戦後日本人にとどまらず西村我尼吾本人の思想でもあるはずなのである。

15章　相聞は月今宵——福永みち子『月の椅子』

句集『月の椅子』は二〇〇九年（平成二十一年）二月四日発行の福永みち子の第一句集である。角川書店よりの出版である。句集の構成は七部に分かれている。著者の半生にわたる句集であるのでその変遷を大づかみにするため句集の構成を見ることは有益である。便宜上数字を付すことにする。

①海つばめ　昭和三十九年〜五十年
②夫の鞄　昭和五十一・五十二年
③兄弟　昭和五十三・五十四年
④秋風　昭和五十五年〜五十八年
⑤螢火　平成十年〜十二年
⑥茄子の花　平成十三年〜十五年
⑦二人児　平成十六年〜十九年

私見であるが、全体を三部に分けることができると思う。第一部は①・②・③にあたる章であり著者二十五歳より四十歳に至る時代である。第二部は④であり夫君の福永耕二の急逝の含まれる章で三年間のものである。第三部は⑤・⑥・⑦の章で二部より十四年の空白が存在する。著者五十九歳より六十九歳に至る十年間の作品である。著者の俳句の始まりは昭和三十九年の地元新聞の〈俳句講座開講〉の記事であったそうで米谷静二主宰の「ざぼん」に入会したのである。

今朝よりの春着の鏡輝ける
再会の近づく秋のカーテン裁つ
恃むものあり冬薔薇の蕾満ち
冬の虹想ひ新たに家離る
子の図鑑借りてひらくや虫時雨
ひぐらしや泥くさき子の深眠り
虫の音にかたむく心刺繡了ふ
癒えし子の髪洗ひやる十三夜
花鋏にはかに重く雪降れり
白玉に縫ひし疲れの膝ゆるぶ
雪の底灯して初湯ゆたかなり
三十路ゆく瞼重たし花明り
白罌粟の辺りより暮れつひに暮る
新居なり独活洗ふ水奔り

黒薩摩こでまりを活けあふれさす

第一部として考えた章では「ざぼん」に入会して俳句を始め、福永耕二と結婚して、二人の御子息を儲け、千葉市の磯辺に新居をかまえて幸福な日々が俳句に刻印されている。〈新居なり独活洗ふ水奔り〉と新居の喜びを表現している。福永耕二はこの時の事を〈千葉市磯辺に転住〉という前書を付して〈鴨引きしあとの磯辺と訪ね来よ〉という俳句を作っている。最後の〈黒薩摩こでまりを活けあふれさす〉の作品には新居の喜びとともに福永耕二の故郷から届けられたであろう黒薩摩の壺に沢山のこでまりを活けた景が象徴的である。

第二部と想定した〈秋風〉は三つの部分に分け考えてみたい。第一のグループは昭和五十五年の前半で、第二のグループは福永耕二が病を得て急逝する迄の作品群であり、第三のグループはそれ以降昭和五十八年までのものである。

京菓子のくれなゐこぼれ小正月
毛糸編む糸もおもひも鮮やかに
梅に塩をみなの喜憂かさねつつ
藍浴衣馴染みそめたる齢かな
帰郷の荷日々に太るや雲の峰
新米の二合の匂ゆたかなり

立待の重ね着るもの夫も欲り

新居にも落ちつきがでて充実の時間がこれらの作品には流れている。〈毛糸編む糸もおもひも鮮やかに〉では前向きで明るい心理が描かれているようだ。しかし一方では〈梅に塩をみなの喜憂かさねつつ〉と梅干作りによせて女性としての喜びと憂いを重ねて充実の女性ぶりがしのばれる。〈藍浴衣馴染みそめたる齢かな〉の中ではいささか渋みのある藍浴衣がしっとりと似合う年齢になったことをしみじみと感じるのである。時に著者四十一歳の夏である。夫君の福永耕二は多忙の中にも風格の四十二歳の春秋を重ねていた。〈立待の重ね着るもの夫も欲り〉の作品では血気盛んな若さも中年にさしかかり、さしもの薩摩隼人ぶりで名を馳せた夫君も立待の月を見るのに重ね着るものが必要となったこの変容をそれとなく表現しているのである。九月の後半の空気の中でしっとりと夫君をいたわる心情が伝わってくる。

我と子の秋燈濃しや夫病めば

秋風に攫はるるまじ夫病めば

冬仕度子らのもののみ買ひ足して

鶲も来ずなりし枯向日葵を焚く

病む人に労られをり夕時雨

夫危篤

冬の日の一条あはし夫の息

〈秋風〉の一部と見なす部分は著者と二人の御子息にとって思いもかけない悲劇となってしまう。家族四人の幸福があらぬ方向へと進んでしまったのである。〈我と子の秋燈濃しや夫病めば〉では、夫君が病の床に臥した今、著者と御子息の絆はより太くより強くなってゆくことを秋燈の中で確認するのである。〈秋風に攫はるるまじ夫病めば〉の作品では大黒柱の夫君の病によってあのささやかな秋風までもが何か恐ろしいものとなってゆく感覚が著者の感性を通じてひりひりと感じるほどに鋭く読者に迫ってくるであろう。又こうした中で〈病む人に労られをり夕時雨〉と著者は夫君の思いやりに深く心を致すのである。一体福永耕二という人は利他の人であることは夙によく知られていたところであるが、みずからの病の危機にありながら常に妻子に対する深い思いやりの気持を忘れることはなかったのである。〈夫危篤〉の前書の付された〈冬の日の一条あはし夫の息〉とはなんと切ない思いの作品であろうか。著者は危篤の夫君に対して最後の最後まで回復の希望を淡い一条の冬の日に託したのである。この願いも届かず福永耕二は〈還らざる旅は人にも草の絮　耕二〉のように旅立った。

遺影下に睦むふたり子冬休
子が摘みし紫雲英も供ふ夫の墓
さくら草恋知りそめし子の部屋に
苺つぶし子の初恋に触れずをり
夫の霊迎へむ髪を梳きにけり
夫の忌のちかづく障子貼りにけり

福永耕二逝去の後の〈秋風〉は最後の第三グループと目されるが、三人の家族が手を携えあって生きてゆく様子が描かれる。御子息の初恋を見守り、新盆を済ませ、そのようにして一年は過ぎてゆき、そして一周忌を迎えるのであった。

夫の墓前

初花を父となりたる子が供ふ

新聞に夫の句を読む小六月

鹿児島川辺　耕二句碑建立

さくら咲き耕二の碑文字若々し

祖母と嬰の日向ふくらむ蕗の薹

市川学園

葛飾の花芽ふくらむ句碑開

妻たりし日を杳とせり葉鶏頭

十四年を経て復活した作品群は不思議な明るさに包まれている。お孫さんができ福永耕二の俳壇での評価もうなぎ登りの勢いであり、句碑も次々と建立されるのであった。〈水無月の榧の枝ぶり夫を恋ふ〉のだ。

次に耕二と著者の作品を相聞歌として若干の例を見ることとする。

芝萌えぬ愛の手紙を手渡しに　耕二
死にゆく手まだ温かし冬菫　みち子
春夜子に妻を奪はれひとりの餉　耕二
父と子の語らひの外柿を剝く　みち子
水打つやわが植ゑし樹も壮年に　耕二
子の丈の二つの苗木植ゑにけり　みち子
椤咲き子が借りにくるわが机　耕二
薔薇挿して夫の文机子が愛す　みち子
父在らば図らむ一事朴咲けり　耕二
亡き夫に問ふこといまも鳰　みち子
錦木や鳥語いよいよ滑らかに　耕二
錦木の色づけば来る忌日かな　みち子
切株がいつものわが座囀れり　耕二
野の石に旅嚢をおけば囀れり　みち子

朴植ゑて凡日を凡ならしめず　耕二
泰山木咲ける日数を凡とせず　みち子
ふたり子に虫籠ふたつ帰郷行　耕二
かぶと虫兄弟籠を異とせり　みち子
あどけなき声の二いろ木槿垣　耕二
兄弟の声がとびかふ凧の下　みち子
菜種梅雨ややに根付くか樹も人も　耕二
蝶の影あきらかに芝根づきけり　みち子
蟻のみち逡巡われに似て久し　耕二
立ちならぶ穂麦逡巡許されず　耕二
茎立つ菜心決めゐてなほ迷ふ　耕二
人の心図りかねつつ春ゆける　みち子

句集『月の椅子』はこの世において俳句を通じて出会いを果した男女が幽明境《さかい》を異にした後でも幽界と顕界における愛の絆が不変であることを物語る句集である。引用の相聞歌を御覧になればそれは明白であろう。〈芝萌えぬ愛の手紙を手渡しに　耕二〉と〈死にゆく手まだ温かし冬菫　みち子〉における愛のコラボレーションは何とつらく悲しい相聞歌であろうか。ここに人生における男女の究極の愛の一つの典型を認めてしまうのは私だけであろうか。ラブレターを手渡しで受け取ったその時の二人の手のぬくもりは愛の始まりであったろう。しかし死の床において握る手のぬくもりは当時と変わらぬ愛のぬくもりに他ならないとこの句集の著者は感じていたのである。それは唐突とも思われる〈冬菫〉という季語の斡旋がそうした解釈を支えるものなのだ。だからこの句集は福永みち子という一人の真摯な女流俳人が福永耕二という天才俳人との日々を懸命に生きてきた愛のドラマを俳句に綴った貴重な作品集なのである。この中には自己愛・夫婦愛・家族愛の三位一体の愛が描かれているのだ。

ある時、夫に連れられ水原秋櫻子先生と奥様のもとへ伺いました折、秋櫻子先生より『橋本多佳子全句集』を賜りました。この日の感激を生涯忘れることはありません。（あとがき）

『月の椅子』という句集名は〈夫在らば椅子はこの位置月今宵〉という〈螢火〉の章の作品にちなんで著者みずからが命名したと〈あとがき〉に述べられている。〈椅子〉といえば福永耕二の〈秋風の椅子の四脚のどれか病む〉という名句が思い出される。そして著者にも更に〈わが木椅子ハンカチの木の花陰に〉という素敵な作品も存在する。名月を鑑賞するために椅子の位置を変えるという趣向は〈あとがき〉にみられた橋本多佳子にも〈月光に一つの椅子を置きかふる〉という句がある。多佳子の作品は白磁の壺のように美しいが冷たい。それに対して福永みち子の句は〈夫在らば〉と謙虚な措辞ではあるが胸の中では夫君を実在としているのだ。それゆえ実に〈愛は全てを克服する〉のである。即ち〈アモル・オムニア・ウィンキット（amor omnia vincit)〉なのだ。

16章　砂洲のうちそと――細谷喨々『二日』

句集『二日』は二〇〇七年（平成十九年）九月二十日にふらんす堂より発行された細谷喨々の第二句集である。一九八七年（昭和六十二年）より二〇〇七年（平成十九年）に至る二十年間の作品集である。句集の構成は章ごとのタイトルはなく西暦順の編年体がタイトルの代わりとなって区分をなしている。著者の年齢としては三十九歳から五十九歳までのものである。

大安は二日なりけり初暦
母とゐてかならず雪の誕生日

一句目は二〇〇二年（平成十四年）の作品である。著者五十四歳の誕生日の作品であり自祝の句である。又二句目で一月二日はいつも母と一緒に過ごした誕生日はなぜか雪が降っていたと回想している作品である。というわけで著者は一九四八年一月二日が誕生日なのである。著者のあとがきによれば「私の第二句集は『二日』と名付けられました。（中略）昭和二三年の『二日』が私の誕生日。前の年の大晦日が予定日だったらしいのですが、そこは私のこと、すんなりと生まれ出ようとはしなかったようで、母は二年がかりの大仕事をする破目になってしまいました。」ということである。句集名は従って元日の翌日という著者の誕生日にちなんでの〈二日〉なのである。

去年今年綴ぢゐて死亡診断書
冬茜気管支模型めく林
長閑さに漢方の書をながめをり
雪道をゆれ駱駝めく救急車
喉を診る真ッ赤におはす風邪の神
解剖図譜赤青茶色蟬時雨
二百十日築地に朝のパンを買ふ
聴診器拭く酒精綿去年今年
節分の鬼は研修医でありぬ
くずもちや午後休診の札をかけ
月光や雪眼の医師のとぼとぼと
　日野原重明先生九十五歳
八十年ぶりのうまさとラムネ飲む

これらの作品には著者の日々の暮らしぶりがはっきりと示されている。死亡診断書を綴じつつあるいはアルコールで聴診器を拭いたりして年を過ごす姿が浮かんできたり、又風邪の患者の診察を〈真ッ赤におはす〉といささかのユーモアを混じえて作品化している。加えて〈冬茜気管支模型めく林〉・〈解剖図譜赤青茶色蟬時雨〉等の即物的作品において〈気管支模型〉や〈解剖図譜〉といった医学的素材の効果的使用が注目されるのである。こうした内容から明らかなように著者は医師の業をもっぱらとする人物なのである。細谷喨々は現在築地にある聖路加国際病院の副院長の要職にある。作者は森鷗外や斎藤茂吉や水原秋櫻子等の伝統を継ぐ医学系文人なのである。

鳩吹く風待合室に置く絵本

エアコンが鳴らす風鈴小児病棟

かぜの子に敬礼をしてかぜ心地

診察やルーペで汗疹の子と遊ぶ

聖樹据ゑて森のにほひの小児病棟

色鳥や健診の子のすつぽんぽん

引用の句の印象はほのかに明るく優しく楽しい感覚に溢れている。絵本・小児病棟・かぜの子・汗疹の子・子のすつぽんぽん等の作品に出て来る単語からも明らかなように細谷喨々は小児科の専門のドクターなのである。彼は著名な小児科医であってこちらの方面におけるメディアでの活躍は目を瞠るものがある。

臨終の子のありがたう春みぞれ

祐子ちゃんは在宅死（七句のうちの三句）

往診のハイウェイ梅雨の葛西橋

撫子や死を告げる息とゝのへて

吹かれをり通夜への道の芋嵐

国際小児がん学会（四句のうちの二句）

十六夜はウィーンに見ん旅用意

黄色人種一人きりの夜の長し

三浦キャンプ（三句のうちの一句）

がんの子のおはなし会に銀やんま

がんの子のキャンプ（五句のうち一句）

われもわれもと咲く朝顔やあはれ

がんは日本人の死亡率の第一位の病気で中高年層に著しい国民病とも呼ばれているが、小さな子供達にも猛威をふるっている。細谷喨々は若い頃からこの現状に敢然と戦いを挑むのである。彼は小児がんの先進国のアメリカに留学して先進医療を修めて今日に至っている。従って日本でのこの領域での数少ないエキスパートの一人である。国際小児がん学会の前書のある〈黄色人種一人きりの夜の長し〉の作品を見れば、彼はアジア地域からの唯一の参加者であったことが想像される。小児がんの厳しさは引用の作品からその深刻さがひしひしと伝わってくる。

空蟬橋や癌年齢の首の汗
悲しき時のみ詩をたまふ神雁渡
新茶飲むひそかに狂気蠢きぬ
滓のごと鬱たまる夜の冷し酒
どれほどの鬱ならやまひ花茗荷
雛菓子に血の色医者をやめたき日

作者の厳しい日常の現実に対する真情吐露の作品はすさまじいまでの心の葛藤を読者に伝えて余すところがない。この限界状況は既にみてきた〈かぜの子に敬礼をしてかぜ心地〉や〈診察やルーペで汗疹の子と遊ぶ〉の諸作品を作った人物と思えないほどの落差である。しかし両方とも作者細谷喨々にとってはまごうことなき現実なのである。

風花の尾根がすなはちへんろ道
へんろ道はじまりにあるなんでも屋
もう一ヶ寺もう一ヶ寺と来て朧
お四国のそのまちまちのまんぢゆうや
へんろ道落椿ふまぬやうふまぬやう

二〇〇三年（平成十五年）に細谷喨々は発起して四国八十八箇所札所巡りの遍路の旅路に出発する。

リュックには子供達の位牌を収めての子供達の鎮魂《たましずめ》の旅である。又同時にそれは細谷喨々自身の心を癒す旅でもあったであろう。〈へんろ道落椿ふまぬやうふまぬやう〉の落椿は子供達の魂の化身とも思われたであろう。

ふるさとに桃実る地に触るるほど
涙滴のごとく洋梨なる故郷
ふるさとは風の祭の厄日かな
桜桃や晴れの日まれな出羽の国
最上川大曲りして雲は夏
実のなる木ばかりの村や蟬時雨
花笠踊一糸乱れずつまらなく
芋煮の火一番星の見ゆるまで
花を食ふ生きものや我菊を食ふ
かたゆきをふみふるさとの森の星
ふるさとの湯豆腐布目あらきかな

山形県が細谷喨々のふるさとである。ふるさとはさくらんぼや桃がたわわに実り、冬は雪に閉ざされる出羽の国である。又山形といえば松尾芭蕉の『奥の細道』のひとつのハイライトをなす土地柄でもある。そして中央を最上川が大曲りして流れてゆくのである。

祖母の口癖思ひ出し夜のつるし柿
母の方言いまだにあやし雛祭
父よりの賀状もつとも字の多き
母のイつ雪解雫を肩先に
十薬を庭の花とし祖母の家
きりきりと結はへて母の粽かな
鬼灯の花もや母の野菜園
春風にためして祖父の丸眼鏡

築百年木造細谷醫院の解体決定

去年今年待合室の畳かな

「つひにぢぢい」命名はる（二句のうちの一句）

耳の形もつとも母に似て朧

細谷家は三代続く医家の名門である。御子息も医師となられた由であるから四代続いているのである。細谷喨々は家族の事について同人誌「件《くだん》」第十一号（二〇〇八年六月二十日発行）において「父のこと」というエッセーで詳しく述懐している。祖父は日本医科大学の前身の済生学舎を二十歳で卒業し生家で西洋医学にもとづいた医業を始め、派手な芸者遊びで家族は大変な思いをした、と回想している。又お見合いで結婚した母上は横浜育ちであった由であり、〈母の方言いまだにあやし雛祭〉の作品が良く納得できる。著者の小さな頃の状況についての言及の部分を「父のこと」から次に引用したい。これを知ると引用の作品がはっきりと理解できるであろう。

二年半ほど経って私が生まれる。女中さんを使い祖父の面倒をみていた芸者さんあがりの女の人を私はおばあちゃんと呼んだ。とても私を可愛がってくれたが、母にはひどくつらくあたっていたのをよく記憶している。祖父と祖母が、離れと呼ばれていた母屋から少し離れた建物へ寝に帰り、父親が遅くに往診から戻ってきてからの一刻だけが母の時間だった。母の作ったステーキをおいしそうに食べる父のそばにおすそわけをもらいながらいるのが、私は大好きだった。

新 涼 の 砂 洲 の ば し け り 最 上 川

細谷喨々のふるさとの山形を流れる最上川の作品である。この堂々たる作品は松尾芭蕉の『奥の細道』の酒田での作品〈暑き日を海にいれたり最上川〉と比肩できる一句であると感じられてならない。芭蕉は日本海に落ちてゆく太陽との関係で最上川を描いているのに対して、細谷喨々は新涼の砂洲との関係で最上川を述べている。著者の母なる最上川が魂のふるさとの海へと到達し、そのはざまのあわいに〈砂洲〉がのびているのである。私はこの風景の象徴としてイギリスのヴィクトリア朝の代表詩人であり第十二代桂冠詩人アルフレッド・テニソン（一八〇九—一八九二）の砂洲の詩を思い出す。

砂洲をこえて　　平井正穂訳

夕陽が沈み、空には宵の明星《みょうじょう》が輝き、
私を呼ぶ澄みきった声が聞こえる！
私が船出をする時、この砂洲からは
悲しみの声が漂ってこないことを、私は切に願う。
あたかも眠っているかのように、静かに動き、音もなく、
飛沫もあげずに満ちてゆく潮路にのって、
私は船出をしたいのだ。――果てしなき海原の彼方から
流れてきたものが、今再び古里へ戻ろうとしているのだ。
黄昏《たそがれ》の色濃く、夕べの鐘が鳴り響いている、
まもなく、漆黒の夜がやってこよう！
私が遠い船路の旅に出る時、
誰もその別れを悲しまないでほしいのだ。
なぜなら、――たとえ、人間の時間と空間の境界から
さらに遠い所へ、この潮路が私を運んでゆくにしても、
私がこの砂洲を無事に渡り終えた時、
神と相見《あいまみ》えることを、私は望んでいるからだ。

〈新涼の砂洲のばしけり最上川〉と〈砂洲をこえて〉における双方にでてくる砂洲は外面的には外

海と内海又は川等の水域を分けている砂礫の堆積で堤のようになっているものである。しかし象徴的には砂洲は生と死、この世とあの世の境界を意味している、と解釈することが可能であろう。句集『二日』の作品に即して考えるならば〈生キ死ニのはなしを子らに油照〉や〈草市のはかなきものに屈みけり〉等と比較すると〈新涼の砂洲のばしけり最上川〉にはある種の安らぎが宿っているように感じられてくる。それは新涼のすがすがしさと同時に悟りのすがすがしさでもあろう。

17章　対岸へと冬蝶——稲畑廣太郎『八分の六』

句集『八分の六』は二〇〇九年（平成二十一年）十月二十六日に角川書店より発行された稲畑廣太郎の第三句集である。本書は角川21世紀俳句叢書というシリーズの一冊である。ちなみに角川21世紀俳句叢書には五十代と六十代の俳句作家三十九名が参加している。『八分の六』は平成十三年（二〇〇一年）から平成二十年（二〇〇八年）に至る八年間の作品が収録されておりそれぞれの年の月別の分類に従って作品が配列されている。

前回は不惑を過ぎて刊行したこともあり、人生の「半分」に引っ掛けた命名であった。今回は『八分の六』で。それだけ人生を経た印象を抱いてくださる方もいるであろうか。あまり深い意味は無いが、命名は集中の「枯葉舞ふとは八分の六拍子」による。クラシック音楽好きが高じて、今回は音楽用語（？）の題としたわけだが、前回の続きとして想像いただくのも面白いかも知れない。

（あとがき）

〈あとがき〉によれば前回の句集『半分』は平成十四年に出版されたもので不惑過ぎの四十五歳の

時であったので〈人生の半分〉という含意をもつものとしての命名であったことが知れる。今回の『八分の六』も出版時が五十一歳であり〈人生の八分の六〉という意味に取ってもらっても良いと述べている。しかし具体的には〈枯葉舞ふとは八分の六拍子〉による命名であるとしている。

春　隣　芭　蕉　三　百　六　十　歳
句友にも芭蕉像にも御慶かな
蕉像も雑誌の取材受けうらら
柿食へば子規百年といふ歴史
身に入むや子規の心を置く館に
仰臥して遺せし宝獺祭忌
柿食うてちよつと正岡子規気分
子規庵は近くて遠し糸瓜苗
七草に子規偲ぶ句座整へり
展示さる虚子の洗ひし硯とや
木の実落つ虚子も年尾も見し大樹
栗踏んで虚子の歩きし径を行く
紅梅に虚子を偲べば幹もまた
この雨も虚子忌日和といふべかり

年尾の世誰も知らざりし榠樝の実
汚してはならぬ鎌倉年尾の忌
一月の年尾偲ばれ寿がれ

これらの作品を見ると稲畑廣太郎が伝統俳句の伝統をそのまま生きている、ということが理屈ぬきで理解されるであろう。引用の作品によれば〈芭蕉→子規→虚子→年尾→汀子→廣太郎〉という俳句の系譜ということになろう。従って〈俳諧の危機を語りておでん酒〉とか〈伝統といふ枝ぶりも今年竹〉における〈俳諧の危機〉・〈伝統〉という単語も決して言葉の上だけのものでないリアリティーの重さを持っているのである。虚子を曽祖父にもち「ホトトギス」の副主宰（現主宰）にして編集長の要職にある著者はまさに今脂ののりきった作家として活躍しているのである。伝統の継承者として著者は常に過去と現在の双方の時空を意識の上で強く結びつけているように思われる。例えば〈初句会此岸彼岸の繫がりぬ〉という作品をみることができるが、このめでたくもある新年の初めての句会の中で子規や虚子等の諸先輩とまるで同席しているかのように此岸と彼岸が繫がるのである、と述べているのだ。なかなかに達成できない境地であるといえるだろう。

麗かや眼中は皆虚子のもの
水温むこれよりは恋のみに生き
襟巻の狸妖しく睨みをり

右の三句は虚子の本歌取りの作品として大変に興味深い。一句目の作品は虚子の〈秋風や眼中のもの皆俳句〉をふまえている。そして二句目の作品は同じく虚子の〈これよりは恋や事業や水温む〉が頭にあるのであろう。更に三句目は虚子の〈襟巻の狐の顔は別にあり〉をふまえているものと考えられる。一句目は〈秋風〉から〈麗か〉に季語が変化しており、二句目は〈恋や事業や〉から〈恋のみ〉とひとつに絞られている。更に三句目は同じ毛皮の襟巻ではあるが〈狐〉から〈狸〉にかえられていてユーモラスである。このように著者の胸中にはいつも虚子が存在していて時折このように俳句の本歌取りとして顔を覗かせているのであろう。

春浅しやつぱり君は来なかつた
大花火一つは君の為に咲く
きつと居るこの凍星の中に君
手毬唄君の顔せ濡れてをり
踊笠傾ぎて君と判るまで
春隣君が隣に居ればなほ
山車を曳く君との距離を近づけて

不思議なことであるが句集の中に〈君〉という語が出てくる作品が散見される。『広辞苑』によれば〈君〉とは①人のかみに立って支配する者、②人を敬って言う語、③古代の姓《かばね》の一、④遊女の異称・遊君、と四つの意味があり更に又代名詞として男の話し手が同輩以下の相手を指すのに使う語、あなた、おまえ、と説明がある。これらの作品における〈君〉は②の〈人を敬って言う語〉にあたるものと思われる。外国語には特に親しい間柄に使用する親称とでもいえるものがあり二人称で神や恋人に用いられるものがある。この作品の中ではちょうどそのようなものにあたるものが〈君〉という気がしてくる。但し〈君〉というキーワードを虚子との関係に発見することが可能である。〈虹たちて忽ち君の在る如し〉・〈虹消えて忽ち君の無き如し〉・〈浅間かけて虹のたちたる君知るや〉という三句を昭和十九年十月二十日作の虚子の写生文「虹」の中に思い出すことができる。背景に師弟の美しい情愛を思うことのできる作品である。私はなぜかこのあたりの事をこれらの〈君〉の出てくる七句の背景にすえてみたい気がするのである。これも虚子の影響と思うのだ。

鬣に名門宿す仔馬かな
囀や木々の余白を埋め尽し
春を待つ河馬の欠伸でありにけり
つんつんと仔馬の尻でありにけり
冷し牛ぴしぴしと尾の喜べり
競べ馬京の喧騒集まれり
馬肥ゆる君の存問受けてをり

動物の作品群であるが、これらの中で特に一句目の〈鬣に〉の作品を注目したい。恐らくは優駿ともいうべきサラブレッドの仔馬のことを述べた作品であろうが、この仔馬の鬣に既にして名門のおもかげが色濃く宿っているのを見て取っているのである。まさにこの句集の作者にふさわしい作品というべきであろう。サラブレッドの仔馬のうなじから肩にかけて生えている長い毛なみに作者はずば抜けた血統の毛なみの良さを目を細めて見ているかのようである。

芭蕉稲荷大明神の留守に猫
野良猫の恋観音のふところに
猫も又師走の顔をしてをりぬ
涼し気な距離を保ちて猫現るる
春近し猫がのたうちまはるほど
もう敵と味方知つてる子猫かな
掘炬燵吾輩は猫踏んぢやつた

動物の作品群の中でもこの句集においては特に猫の句が面白い。一句目の〈芭蕉稲荷大明神の留守に猫〉では、お稲荷さんを守るのは狐と相場がきまっているのに対して、俳人にとっては殊に恐れおおい芭蕉稲荷の留守番を猫がしているのである。思わずくすりと笑ってしまう景である。一方七句目の〈掘炬燵吾輩は猫踏んぢやつた〉に至っては夏目漱石の『吾輩は猫である』を背景にして爆笑の渦に皆を巻き込んでしまうであろう。

おいでやす大根がよう煮えとりま

鶯に標準語教へたん誰や
根深汁関東人になり切つて
升さんや芦屋の残暑どないだす
河内弁涼しく季題語らるる
かしはもちちやつちやとしいやをとこやろ
鶯の訛に吉野杉揺るる

作者は兵庫県芦屋市生まれと著者略歴にある。そして現在は東京都目黒区に住んでいる。関西に生まれ東京に住んでいるという作者の事情を知ると引用した作品にみられる方言と標準語に関するある種のこだわりを理解できるような気がする。標準語とは絶対的なもののように見えながら実は恣意的なもので、歴史的に見れば東京が首府となる前までは関西地方の言葉が標準語であったものとも思えてくるのである。恐らく作者は長年の間こうした事についてある種の違和感を抱いており、時々俳句作品にこうした気分を表現したのではあるまいかと想像するのである。だから現在は〈根深汁関東人になり切つて〉いるのではあるが、〈鶯に標準語教へたん誰や〉ということになるのであろう。

聖夜劇村人Aの役は吾子
吾娘一人バレンタインの日の厨
グロリアインエクシェルシスデオクリスマス

鐘冴ゆる京都に奈良にバチカンに
鐘朧新法王はドイツ人
ベネディクト十六世に沸く弥生
からし菜蒔いて福音書の世界

キリスト教に関連する作品も注目すべきものと感じさせる。特に三句目の作品は目を引くものである。この作品はキリスト教的であるというばかりでなく俳句文体や俳句の語彙の側面からも注目される。カタカナのみの表記の俳句は特にめずらしいということではないかもしれないが、ラテン語と英語のみの俳句は少なくとも私は初めて出会う作品である。分りやすいようにカタカナとアルファベットの表記を並列してみる。

グロリアインエクシェルシスデオクリスマス
Gloria in Excelsis Deo Christmas

〈グロリアインエクシェルシスデオ〉は〈いと高きところには栄光神にあれ（Glory to God in the highest）〉というラテン語である。このフレーズは神の栄光をたたえる賛歌であり聖公会では「大栄光の頌《しょう》」と呼ばれ又カトリックでは「栄光頌」と呼ばれている。礼拝式の場において歌われたり唱えられたりするフレーズとして有名なものである。「ルカによる福音書」の第二章十四節を参照するとよいだろう。既にしてキリスト教の立場から編集された歳時記は存在しているが、このように神の栄光をラテン語と英語で表示した俳句は初めてであろう。作者は〈あとがき〉において〈自分としては冒険した句も収録した〉と述べているが、この作品はそうしたものでも相当に冒険した句であろう。

双六やそろそろ余生てふ二文字
更衣人生五十年は過去
冬蝶に対岸までの修羅場かな
いぬふぐり土には還りたくなくて

この四句には作者の人生に対する深い感慨を読み取るが、この句集の題名である『八分の六』が〈八分の六拍子〉と同時に〈人生の八分の六〉が過ぎ去ってしまったという意識を示している事を大変に良く理解させてくれるのである。われわれは此岸から彼岸の極楽に至るまで誰もこの修羅場から逃れることはできないのであると〈冬蝶に対岸までの修羅場かな〉という句が語りかけているのかも知れない。

18章　複眼的国際化へのまなざし――有馬朗人『鵬翼』

句集『鵬翼』は二〇〇九年（平成二十一年）十一月二十五日にふらんす堂より発行された有馬朗人の句集である。サブタイトルは「四海同仁」である。一九九六年より二〇〇五年までの十年間の海外での作品五百六十六句が収められている。

一九九六年以前の作品は国内作と一緒にして発表したが、九六年以降は国内作と国外作を分けることにした。その結果国内作品は『不稀』と『分光』に収めて発表したが、この間の海外作品はこの句集にまとめた次第である。

句集名は「四海同仁」とするつもりであった。このような言葉はないと思うが「一視同仁」はよく用いられる。「同仁」とはすべての人を平等に愛することである。私は若いときから人種による差別が嫌いであり、異文化に興味を持ち、その理解と融合に努力し実践してきた。その気持を「四海同仁」という造語で表してみた。（あとがき）

句集の内容と命名の由来は右の引用より理解することができる。更に〈あとがき〉によれば〈山岡

〈喜美子〉さんが「鵬翼」という句集名を考えてくれた。〈中略〉四海同仁は副題とした〉ということである。

菜の花やノルマンディの野をうめて
新涼や北魏の銀の鈴の音
冬萌やアメリカ南部深く入り
アルプスの北は菜の花月夜かな
越南の山の水汲み田を植うる
テームズの関の響や白夜なる
明易しドーヴァ城の黒猫に
オリーブやギリシアの緑ユダヤの黒
秋雲に日の当りをりヴェスヴィオス
ギター弾き帰る晩秋のソレントへ
復活祭近きヨルダン川青し
ポンペイの壁画の模写や芥子の花
石榴咲くアルハンブラの水の音
夏深しサンフランシスコの古本屋
ウィリアム・テルの国なる林檎の香

夜霧濃き上海に老ゆピアノ弾き
秋霖のミシシッピーの霊歌かな
駈け抜ける赤の広場の裸かな
遠野火や頭蓋にたたへマヤの闇
真直に春の雪降る五番街
渺茫と絹の道あり春の虹

これらの作品は作品の中に地名が入っているので地理的に良く理解できるものであろう。確認するならばフランス、中国、アメリカ、ドイツ、ヴェトナム、イギリス、イスラエル、イタリア、イスラエル、イタリア、スペイン、アメリカ、スイス、中国、アメリカ、ロシア、メキシコ、アメリカ、中国というぐあいである。俳句を通じてのまさに世界旅行さながらである。作者のすぐれた技倆のゆえになぜか不思議と読んでいてこれらの全体はある種の調和をみせていて違和感を抱かせることがないのである。この技倆は大変なものと想像できる。なぜならば世界のさまざまな地域にあって常に平常心でものごとや風景を見ることのできるようになるまでの経験は通常の人々には体験不可能なものであろうからである。更に又そうした平常心で世界のあらゆる場所に立ちえたとしても、こうしたすぐれた日本語の俳句で表現することは並の俳人ではなしえないことでもあるからなのだ。この句集の〈あとがき〉における〈私は今日まで世界四十五ヶ国前後を訪ねたが、どのような土地へ行き、どのような人々に会っても、人間は共通であると思うことが常であった。〉という言葉の重みが感じられる所以である。

忘年や母音の多き島言葉　（ハワイ）
息白くして異国語を発しけり　（スイス）
大西日この野に亡びたる言葉　（ウェールズ）
アルプスの南は花野母音満つ　（イタリア）
母音より子音の国へ夏燕　（イギリス）
月光や石にフェニキア文字深く　（イタリア）
ラテン語の名札を下げて植木市　（ドイツ）
ぴしぴしとドイツ語はじけ春煖炉　（ドイツ）
文字あふれ犇めく国の天高し　（中国）
ハングルの文字にぎやかに年の市　（韓国）
東巴《トンパ》文字に囲まれてゐる涼しさよ　（中国）
ロシア文字堅し白夜の街固し　（ロシア）

さきほど著者の句集の〈あとがき〉において〈人間は共通である〉という言葉をみることができたわけであるが、根底において共通であるが聖書のバベルの塔の話ではないが現実には多様な言語が世界には存在しているのである。著者は『鵬翼』において鋭い言語に対する洞察を随所に提示している。ハワイで作られた〈忘年や母音の多き島言葉〉においてはハワイ語の特色を把握しているし、〈アルプスの南は花野母音満つ〉では北イタリアの地においてイタリア語の美しい母音に言及しているのである。子音に関連しては〈母音より子音の国へ夏燕〉という作品においてイギリス英語の子音の響きをテーマにしており、更に〈ぴしぴしとドイツ語はじけ春煖炉〉の中ではドイツ語のあの子音のはじける感覚を〈ぴしぴし〉という擬音を用い、加えて春煖炉のたきぎの燃える時発する音を暗示させているのである。すぐれた言葉の聴覚的感覚の持ち主であることを感じさせてくれる。一方文字の視覚的な鋭い感覚をも右の引用の中で知ることができる。例えば漢字を〈犇めく〉で示したりハングル文字を〈にぎやか〉と感じたり、東巴文字を〈涼し〉と感じたり、はたまたロシア文字を作者は〈堅し〉と感じるのである。言語における話し言葉と書き言葉に対する感覚はまさに詩人の鋭敏な感覚なのである。そして又〈大西日この野に亡びたる言葉〉には二十世紀に滅亡したウェールズ語を思うのだ。

夕焼や山の彼方にシャングリラ

この作品は二〇〇四年の作で〈失はれたる地平線　中国雲南〉という前書のある作品群のものである。この部分には〈青々と棚田の続く神の山〉・〈これぞこの墨絵の国や虹立てり〉・〈ラマ僧の登つて来たる氷河かな〉・〈雲の峰長江ここに始まれり〉・〈東巴文字に囲まれてゐる涼しさよ〉・〈遥かなる雲南にゐて新茶かな〉等の作品が並んでいる。雲南省は五千メートル以上の山々がきびすを接しており長江・メコン川・サルウィン川等の大河の源流を形成している場所である。句集『鵬翼』における前書はこの前書以外は〈グリムの森〉と〈カンタベリー物語〉の二例を除けば全て地名である。ほぼ地名に終始している前書に突然〈失はれた地平線〉と言われると全く予備知識のない読者は戸惑うかもしれない。実はこのタイトルもジョフリー・チョーサーの作品『カンタベリー物語』と同様に小説の題名であろう。この前書はイギリス生まれで後にアメリカに住んだジェームズ・ヒルトン（James Hilton）の小説『失はれた地平線（Lost Horizon）』からのものであろう。この句の〈シャングリラ（Shangrila）〉はその小説の中の架空の楽園のことでなかろうか。作者は夕焼の山々の彼方に地上の楽園を思うのである。私はなぜかこの句に対して上田敏の『海潮音』の中の有名なフレーズを思いだしてしまう。

山のあなた　　ブッセ
山のあなたの空遠く
「幸《さいはひ》」住むと人のいふ。

Über den Bergen　　Busse
Über den Bergen, weit zu wandern,
Sagen die Leute wohnt das Glück.

明治の時代にあって憧憬が大きな価値を持っていたからこそ、このフレーズに大きな意味があったと断ずるのは早計であろう。二十一世紀のグローバリゼーションの今日でも充分大きな意味を憧憬は持っているのである。何よりこの考えを強め確信させてくれるものが〈夕焼や山の彼方にシャングリラ〉の作品なのではなかろうか。

巴里五月たつぷりと入れカフェオーレ
新樹光拡げて巴里の案内図
エッフェル塔新樹の森の彼方かな
朝涼し黒犬を引きパリジェンヌ
驟雨来るノートルダムの怪獣に
巴里祭森の匂を持つ少女
夕焼やシャンゼリーゼを乳母車
壜一つ漂ふセーヌ晩夏かな
春寒やパリの道化の指のそり
晩夏光十字架の釘抜く男
劇薬をどこかにパリの春の雪
わが心ラテン区にあり荷風の忌
巴里祭のまつただ中の獄舎かな
遥かなるノートルダムへ初燕

句集『鵬翼』に一番沢山でてくる都市は巴里である。ニューヨークでも、北京でも、ロンドンでも、ローマでもない。別に計量的文芸批評を展開するつもりはないがこの事実はこの句集のひとつの特色ではないかと思う。そしてさきほどのブッセの詩に続いて私は萩原朔太郎を思うのである。

旅上
ふらんすへ行きたしと思へども
ふらんすはあまりに遠し
せめては新しき背広をきて
きままなる旅にいでてみん。

朔太郎の詩もブッセの詩と同様憧憬がテーマであろう。この句集に即してみれば憧憬の実現をみるに至るのである。例えば〈驟雨来るノートルダムの怪獣に〉の作品に対し〈雨にぬれながら、あなたを見上げてゐるのはわたくしです。毎日一度はきつとここへ来るわたくしです。あの日本人です。（中略）ガルグイユのばけものだけが、飛びかはすエルフの群を引きうけて、前足を上げ首をのばし、歯をむき出して燃える噴水の息をふきかけてゐます。〉という高村光太郎の「雨にうたるるカテドラル」の詩句がふさわしいものと感じられるのである。

句集『鵬翼』に関して思うことは国際化に双方向が存在する事である。つまり〈外（ソト）なる国際化〉と〈内（ウチ）なる国際化〉ということである。実例をあげれば〈外なる国際化〉が『懐風藻』とすれば〈内なる国際化〉は『万葉集』という対応関係である。いずれも八世紀の完成である。話が唐突になったので最近の著者に関する言及を引用したい。著者は雑誌「俳句」平成二十二年十一月号に特別作品を「うるはしき母国」という題で発表されている。その作品群に対して著者の主宰する俳誌「天為」の編集長である対馬康子が語る言葉に耳を傾けてみよう。

まず、タイトルの「母国」に目が行きました。昭和四十七年に出された処女句集が『母国』です。その時も海外詠が光った句集でした。あの時は異国に対する母国だと思います。今回の「うるはしき母国」は、先生にしては珍らしく海外詠が一句もなくて、父母を思い、故郷を思い、自らの生を思うというところで作っておられます。そういう目で見ていくと、四十年を経て、朗人先生にとって母国とは自分の中に沈潜されてきたというか、生きてきた自分の行程そのものを指すものへと変わってきたということを感じた作品でした。

天龍川、遠江、浜松で作られた作品が並びます。浜松は先生が中学校時代を過ごされて、戦災にも遭われて、お父様を病気で亡くされ、とても思い入れの深い地です。

（「俳句」平成二十三年一月号・一七六頁）

ちなみに「うるはしき母国」の掉尾の作品は〈いづこにも青山ありと水澄めり〉の作品である。終りに著者の「俳句初学の頃」（「朝日新聞」平成二十三年二月七日）の言葉を引用したい。

一九四五年六月一八日、浜松は米軍による大空襲を受けた。私の家も焼け出され、敷地村（現磐田市）に疎開した。浜松一中の三年生であった。敗戦後は浜松に下宿し、週末敷地へ帰る度、父に俳句を見せた。ホトトギス会員であった父は、朱筆で添削してくれた。父のうれしそうな姿が見たくて、私は俳句を作った。これが私の俳句を始めた契機である。父は翌年一月四一歳で死んだ。

19章　俳諧のサムライ――島谷征良『舊雨今雨』

句集『舊雨今雨』は二〇一一年（平成二十三年）一月十五日に、株式会社文學の森より発行された島谷征良の第四句集である。平成六年から平成十三年までの八年間の作品三百五十句が収められている。

> 本集には雨の句が多い（「本集にも」と言ふべきか）。題は雨に因む語にしたいと思つた。『舊雨今雨』としたのは、そのことがまづ頭にあつたからである。
>
> ただし「雨」といふ字は使ふが雨そのもののことではない。古い友と新しい友の意である。雨と友とは音が通じることから洒落てかう言ふのである。杜甫が詩中に用ゐた例が知られてゐる。
>
> （あとがき）

右の〈あとがき〉によれば著者には雨の句が多いという。その〈雨〉にちなむ語を本句集に用いたという。即ち『舊雨今雨』である。但しこの場合の〈雨〉は〈友〉の意である。杜甫によれば〈尋常車馬之客、旧雨来今雨不ㇾ来〉という詩がある。范成大の詩によれば〈人情旧雨非㆓今雨㆒、老境増年是滅年〉というフレーズが存在する。著者は本句集では旧字体を用いているが本稿では句の引用において必ずしもそのようになっていない。従って完璧を期するには原典の句集を参照して頂きたい。

句を誌しそを推敲す初日記
読初や古き活字の七部集
俳諧のさむらひとして一賀客
もう旅へ出たき顔あり初句会
鶏頭も子規のおもひも枯れてゐず
子規忌の燈くるくると虫寄りにけり

著者は略歴によれば昭和二十四年生まれで、昭和三十九年に作句を始めたということである。即ち十五歳の時に俳句を作り始めたのである。以来文字通り俳句一筋の道というキャリアの持ち主である。従って著者の日本語に対するポリシーである旧仮名・旧字体の使用は俳句に止まらず日常にも及ぶのである。最近もてはやされている旧字体を用いて鬼面人を威すといった風のぽっと出の旧派俳諧師もどきの俳人の輩とは一線を画する本格派の伝統派俳人である。〈俳諧のさむらひとして一賀客〉は新年になって年賀にくる客の中にまるで俳諧におけるさむらいのような人物がいた、というふうに解釈できるようである。このように解すると〈俳諧のさむらひ〉とは三人称風に思われてくるのであるが、私にはどうも著者の姿と〈俳諧のさむらひ〉が重なってきてしまうのである。〈samurai〉は一八七四年に日本語から英語に借用語となりサムライは国際的に知られるようになった表現であるが、まさに俳句のサムライといった風貌が浮かんでくるのである。ちなみに著者は俳人であるのみならず日本語と日本文学のプロフェッショナルであるのだ。

蛙みな寝についてをり桂郎忌
桂郎忌竹ふくらませ風の過ぐ
眠らねば眠らねば桂郎忌の夜ぞ
師の忌来ぬ紅葉かつ散る禅寺丸
七畳小屋跡ただ秋晴の住宅地
夕さり夜さり爐火欲るころぞ桂郎忌

〈桂郎忌〉は俳人石川桂郎の忌日である。石川桂郎は昭和五十年(一九七五年)十一月六日に亡くなっている。〈蛙みな寝についてをり桂郎忌〉における〈蛙〉の出現は石川桂郎の代表句である〈昼蛙どの畦のどこ曲らうか〉のパロディー的雰囲気を持つものと推察される。著者は昭和四十二年「風土」に入会して石川桂郎に師事している。著者十八歳の時である。昭和四十五年に「風土」の同人となり昭和五十一年に著者は「一葦《いちゐ》」を創刊し主宰となり今日に及んでいる。石川桂郎没後一年にして「一葦」を創刊したのである。著者の島谷征良は『現代俳句大事典』(三省堂・二〇〇五年)において師石川桂郎の作風について次のように述べている。著者の師に対する思いがストレートに伝わってくるのである。

桂郎は門下に対して「てめえの面《つら》のある句を作れ」と説いた。江戸っ子庶民の気風、家業で培われた職人の勘、それらが相まって句文の上にも現れ軽妙洒脱と評されたが、病吟や旅吟の大作を経て晩年はますます縹渺自在な句境を深めた。『含羞』序文で波郷はすでに「現代の俳壇では彼だけが唯一人の自由な俳人である」と書いている。

よこたへらる花冷の日の手術台
開花予想大いに狂ひ手術受く
万愚節術後の創の疼くなし
四月馬鹿坐薬を入れて熱下ぐる
花の夜の熱の眠りに落ちにけり
木蓮の散りついでをる解熱かな
春眠やねむりぐすりのまだ効いて
春蚊とぶ消燈時間はるか過ぎ
病院の日課朝寝をゆるされず
退院す徂く春の地を足で踏み

〈手術（平成七年）〉という章の作品群である。句集あとがきによれば〈大腿骨頭壊死症による私自身の入院・手術といふ一大事があった〉時の作品である。春の季節における入院・手術に関する作品に弥が上にも生命と病いとの大きなコントラストに気がつかずにはおられない。これ等の作品において極めてクールな作者の視線が存在しているように感じられる。例えば〈病院の日課朝寝をゆるされず〉では、〈朝寝〉という季語を美事に逆手に取りじっくり体を休ませるはずの入院生活は、体を治すという目的に従って〈朝寝をゆるされず〉というのである。又〈退院す徂く春の地を足で踏み〉の作品は大腿骨頭壊死症という病名を知るならば、〈足で踏み〉という下五の表現に作者の万感を感じ取ることができるのである。

炎暑来るおそろしきまで父痩せて
大服茶喜寿を越えよと父に出す
寝てをれといふに病父の年用意
入院の父の窓辺の冬日かな
冬至十四時四分癌が父奪ふ
歳末の渋滞父のなきがらと
冬ざれの武蔵野に父よこたへし
裸木よなきがらよりはあたたかし
花はまだ吹雪かず父の百箇日
数へ日のあたたか父の一周忌
父のなき丸一年が初昔

マント姿の父の青春誰に聞かむ

著者の父上への絶唱は深く首を垂れる他にすべを知らない。〈冬至十四時四分癌が父奪ふ〉は平成八年の〈冬至〉の章の作品であるが、父上の命日となった日を平成八年冬至十四時四分として著者は心に刻むのである。〈思ふところあつて今回は前書を一切省いた〉というあとがきの言葉とこのあたりのことは何か関連があるかのような気もしてくる。句集『舊雨今雨』の感情的なピークをなす作品群がこれ等の俳句なのであると私は確信する。そして鋭く父性原理への深い思いを感じるのである。ちなみに著者の母上の作品はこの句集において〈古稀過ぎし母よりもらふ風邪薬〉の作品を見るばかりである。

賀状かの熱血教師病むといふ
鴨の子のきのふの数を減らしけり
地に還るはやさ競へり落椿
毛虫焼く火や一瞬はむらさきに
眠れねば日合の冷酒かさねけり
廣島忌烏だまつて頭上過ぐ
庖丁のことは語らず河豚供養
木蓮散る一国くづれ去るごとく

さきの著者の父上の作品群との関連においてこれらの俳句には色濃く日常における存在の不安というものが表現されているように思う。〈賀状かの熱血教師病むといふ〉の作品は著者も又教師という立場を考慮に入れても、大変に重大な俳句という気がしてならない。そして〈卒業生教師はげまし去りにけり〉の作品を加えて考えると、更に不安は加わるようである。〈鴨の子のきのふの数を減らしけり〉では作者の生命へのいつくしみが感じられるとともに、非情な生存競争への視線がクールなのである。この不安は〈木蓮散る一国くづれ去るごとく〉に極限となるのだ。

水打つを猫数匹が遠眺め
昼寝覚よくぞ椅子より落ちざりし
萩刈つて猫どことなく落ち着かず
落し文さてこそさりげなかりけり
「みたいな」とか「ぢやないですか」とか春着の子
短夜や三重奏の鼾聞く
寝酒やや飲み過ぎ明日は明日のこと

微笑や苦笑を誘ういわゆるユーモアの作品をあげるとすれば、右の作品を私は選んでしまう。〈短夜や三重奏の鼾聞く〉には無条件にストレートにその俳諧味を味わうことができるであろう。〈昼寝覚よくぞ椅子より落ちざりし〉も同様であろう。一方で〈「みたいな」とか「ぢやないですか」とか春着の子〉や〈寝酒やや飲み過ぎ明日は明日のこと〉の俳句は苦笑いの作品であろう。前者はジェネレーションギャップの苦笑いであろうし、後者はケセラセラの苦笑いであろう。人生の渋みのユーモアというべきかもしれない。

みがかれし鏡いちまい去年今年
滴りは巌の夢見とおもふべし
くれなゐは夢見る色ぞ山紫陽花
鄙ぶりの鶯餅ぞ緑濃き
つらなりしあけぼのの色桜草
蝶々に花の行間ありにけり
名月のあをき柳をくぐりけり
人の世にあかあか牡丹焚火かな
蒼き火のをりをり走る牡丹榾
ぬばたまの闇に海あるどんどかな
桜より上を異界とおもひけり

この句集の特色は〈奥深い〉というキーワードで示すことができるのではなかろうか。この句集を何度も何度も繰り返し繙くことによって初めて本当の姿が浮かびあがってくるのである。引用の俳句は美しい世界が出現している作品群である。これ等の美的世界はさまざまな曼荼羅をなしているようにも目に映じてくる。〈滴りは巌の夢見とおもふべし〉や〈蝶々に花の行間ありにけり〉や〈桜より上を異界とおもひけり〉の作品は既に現実の世界を超えており、イメージの世界あるいは超現実の世界に届いているのである。この点に私は〈奥深い〉ものを発見してしまうのである。そしてその世界は常に新しいのである。

私は超現実の美などと言ってしまったが、著者の作品は依然としてオーソドックスであると念を押しておきたい。この事実は論を俟たない。次の客観写生の作品が何よりも雄弁にそのことを物語ってくれるであろう。

山笑ふ一本の木もうごかずに
片陰に花屋がありて水使ふ
をはらをどりはてのひらが風を追ふ
蓑虫に触るれば蓑が緊張す
棕櫚の葉に積りそめたり春の雪
萍の乗つてゆくなり落し水
葱とどく深谷のさむき土つけて
もろもろの椿のうへの藪椿
たてかけし箒落花をとらへけり
花終へしつつじにかかる蛇の衣
花筏岩に乗り上げゐたりけり

裏白のちりりと山の気をはなつ
初あらし生きて神馬のよごれたる
虻の貌つくづく目玉ばかりかな
巣立鳥空を仰ぎて啼きもせず
雨を溜め空蟬のなほ全しや
甘茶仏風にてらてらしてきたり

20章　夕焼け色のミサ曲――奥坂まや『妣の国』

句集『妣《はは》の国』は二〇一一年（平成二十三年）六月六日にふらんす堂より発行された。奥坂まやの第三句集である。平成十五年から平成二十二年夏までの三百六十句が収められている。

三四歳で俳句を始めた時、身ほとりの死者は九八歳で亡くなった祖母だけでした。それから今まで、藤田湘子先生、飯島晴子さんを初め、夫の父母、私の父母、親しかった友達も幾人か喪い、死者の世界がとりわけ近く思われるようになりました。黄泉をつかさどるのは妣神・伊邪那美尊です。「妣の国」は死者の国でもあります。

（あとがき）

〈あとがき〉によればこの句集の作品の時代は多くの人々を喪った時期と重なったという。それゆえに句集名となった「妣の国」は死者の国でもあるということである。本来〈妣〉は〈ヒ〉と発音する。一番目の意味は〈はは〉である。二番目の意味は〈なきはは〉という意味であり、なくなった母、または祖母を表わすという。従ってあとがきを考慮するならば『妣の国』は普遍的な〈母の国〉であると同時に〈なき母の国〉でもあるということなのであろう。

若楓おほぞら死者にひらきけり
坂道の上はかげろふみんな居る
なかんづく死者へ高しや祭笛
オーシーツクツクオーシーツクツク誰も居らず
秋風が吹き絶え間なく人が往き
冬空を鵜の群れ妣の国へゆくか
はるのくれ天金の書に死の香あり
ゆふざくらみんながとほりすぎてゆく
峰雲や死者に聚まる生者の手
コンチキチンコンチキチン母が死ぬ

句集『妣の国』の作品は全く前書を持たない。章立てもⅠからⅨまでとなっているが数字のみが示されタイトルもないし制作年代も書かれていない。だから亡くなっていった方々の個々の場合の事を俳句から知ることはほとんど出来ない。ただ分ることは句集の最初の句が〈若楓おほぞら死者にひらきけり〉であり最後の句が〈コンチキチンコンチキチン母が死ぬ〉であり、死者で始まり死者で終る句集であるということである。従って句集『妣の国』はたましずめの書であるのだ。引用の作品に即して考えてみれば〈オーシーツクツクオーシーツクツク誰も居らず〉と〈コンチキチンコンチキチン母が死ぬ〉の二句は蟬の鳴き声と祇園囃子の鉦の音が提示されるばかりである。極めてユニークであり意味性を排除していわば擬音の二度の繰り返しがあるばかりなのである。しかしこの音声象徴により作者の喪失感は深く惻惻として人の胸を打ってやまないのである。更に又〈峰雲や死者に聚まる生者の手〉は死者を納めた棺を人々が支え運ぶ情景なのであろうが、死に集中する生の一瞬をも捉えている。生死一如を生き抜いた正岡子規の〈蜩や柩を埋む五六人〉を思い出し静謐の迫力を感じてならない。

思えばずいぶん殊勝なことを言ったものだが、この師弟観がこれまた私の実感であることは確かだ。師弟という相互関係は師匠の弟子への慈愛と弟子の師匠への敬愛で成り立っているが、先行するのは師匠の弟子への愛である。その愛は師匠の生きているあいだは教導というかたちを取る。直接の教導は師匠の死をもって終わるが、その死は弟子への窮極の愛の贈りものといえる。すなわち、師匠は死によって弟子を解放し、独り立ちさせる。

（跋　高橋睦郎）

『妣の国』の跋は高橋睦郎が執筆している。〈あとがき〉によれば〈高橋睦郎さんにありがたき跋文をいただきました。師の藤田湘子の逝去の際に、睦郎さんが仰しゃってくださったお言葉がなかったなら、私は長く立ち直れなかったと思います〉とのことである。師藤田湘子逝去の折の高橋睦郎の言葉が今日の著者にいかに大きな存在であったかをうかがうことができるであろう。そして跋の引用の〈殊勝なことを言った〉その内容は〈師匠の死は弟子への最後の贈りものですよ〉というものであったらしい。この語を聞くと作家の独立がいかに過酷な試練の上に成立するかを改めて知る思いがするのである。著者が師の死を乗り越え独立した作家としての存在を示した句集が『妣の国』なのである。

桃の在るのは人生のちよつと外

心理的にも外在的にも生死の局面を強く意識しているのが『妣の国』と感じられてくるのであるが、ならば生への根源をも深く見つめる作者の視線は当然のことと思われてくる。引用の句は自選十五句のうちの一句である。意味的には〈桃〉の存在位置は人生の少し外側にあるものだといっている気がする。〈桃〉は〈桃太郎〉を思い出せば生の始まりを想起するし、〈桃源郷〉を思えばユートピアを夢想する。更に又芭蕉の別名に〈桃青〉というのもあるがこの中にも〈桃〉という語がでてくる。〈桃《と》弧《こ》〉は災いを払うための桃の木の弓であり〈桃符《とうふ》〉は門にかかげて魔よけにするものである。更に又桃の実を投げつけて鬼を追い払った神話なども思われてくる。もっと加えれば『滑稽雑談』（正徳二）には〈時珍本草に曰、（中略）植ゑやすくして実繁す。ゆゑに字は〈木兆〉に従ふ。十億を兆といふ。その多きをいふなり。〉とあって〈桃〉の多産を文字の上から説明している。さてこのようなおめでたい〈桃〉がなぜ著者の人生において〈ちよつと外〉なのであろうかという疑問が湧いてくる。この疑問はこの句集の装幀を見れば更に深まるであろう。著者の〈あとがき〉によれば三冊の句集の装幀は全て菊池信義の手になるものであると述べている。『妣の国』の装幀はオモテとウラの表紙そして背表紙の三面は全て俳句が印刷されているのみのものである。自選十五句のうちオモテとウラの表紙にそれぞれ七句ずつ、そして背表紙に一句印刷されているのである。〈桃の在るのは人生のちよつと外〉はあろうことか背表紙の一句となっているのだ。本の宇宙論からいえばまさに中心をなす作品なのである。私は十五句選のたまたま八句目にあった作品だからという説明がなされてもそれは到底信じることはできない。〈ちよつと外〉は従っていわんとすることを控えめに小さく表現する〈緩叙〉というレトリックを使っているのだと思う。恐らく〈桃〉は人生の〈どまんなか〉にあっても良いわけであるがこの句集の文脈では控えめに言ったのであると考える。ここに著者の謙虚・謙遜・含羞が存在するのだ。その逆の〈誇張〉というレトリックを用いた作品を『妣の国』から探すとすれば〈一心に強引に蓮枯れにけり〉などその例ではなかろうか。

しやくなげや荒くすばやく山の霧
夏うぐひす霧の日輪ゆらゆらと
大瑠璃のこゑ山雲をゆたかにす

これ等の作品に私は「馬酔木」の高原派のような作風を感じる。師の藤田湘子が「馬酔木」出身であることを思えば納得がゆく。そしてこのオーソドックスな作品を見て著者の作品の深みと幅の広さを感じるのである。

ことごとく髪に根のある旱かな
入れ代はる蚰蜒の脚絶え間なく
しらつゆの容《かたち》ほどけてこぼれけり
湖の氷りはじめの濁りかな

きさらぎや波の研ぎたる砂のいろ
ふくらんで雨垂落つる涅槃かな
ことごとく薬屹立の落椿
唐黍の粒粛々と並びをり
ゆらゆらと氷のうすきところかな
きはやかに紺朝顔の折目かな

「馬酔木」調の次は写生俳句のよろしさの作品群に出会うことができる。引用の作品はたいへんに繊細かつゆきとどいた写生俳句の逸品である。私はこれ等の作品は『妣の国』の根のようなものであると感じてならない。こうした端正な作品をいしずえにして著者の詩の翼は大空に飛翔を始めるのである。

さぼてんの踊りさうなる影かたち
籠に在り梵字のごとき大茄子
針金と針金からみ秋の風
十二月コップに水の直立す
白き皿しろくかがやき年迎ふ
鶏頭花聖なる愚者のごと立てる

乾鮭の眼の一所懸命なり

形象の比喩が季語に対して大きな飛躍をうながす作品群である。ユニークであり好奇心に溢れた表現は視覚の領域にとどまっているといえるであろう。明らかに先に引用した作品と比較して詩的飛躍が一歩進んでいることも納得できるのであるまいか。中でも〈針金と針金からみ秋の風〉は目に見えぬ秋風を即物的に把握した存在の手ごたえのある作品として特筆されるべきであろう。

痛覚にひびきし鵯の声なりけり
いつさいの音のはてなり雪ふるおと
頰白の声はらわたを明るくす
囀の切羽詰つて来たりけり
わが白歯梨のしろがねひびきけり

さまざまな音響を強調しているが、季語との関係においては直接性を保って存在している作品群である。これ等の作品は単一の音響となって表現されており、その意味から理解しやすい作品を形成しているものといえよう。

乱声のごとき牡丹の緋なりけり
高熱のわれへ向日葵歌ふなり

鏡より水音きこえて桜の夜
何か言へりわれのうしろの梅雨茸
白菜に号泣の声ありしかな
いちれつの金切声のチューリップ
否いなと木茸どもが声挙ぐる

〈鏡より水音きこえて桜の夜〉を除けば引用の句においてどの作品も声を発するはずのない植物が声を発しているのである。明らかにこれらの作品は音声象徴を用いた著者独自の音声世界をかたちづくっているのである。さきに引用した作品より一段階比喩のレベルがあがっているものといえるであろう。

銀のこゑ曳きて雁帰るなり
ガレージに虻飛びまはる音真赤

〈黄色い声〉などとよく言うが、音声象徴として色彩を用いることがある。引用の二句はその例である。

声白し石町の鐘五月雨　　濯資（一六七九）
躍《おどり》嗄《か》れて念仏鉦《しょう》鼓《ご》に声白し　　重徳（一六八二）

海暮れて鴨の声ほのかに白し　　芭蕉（一六八四）

芭蕉の作品は『甲子吟行』のものであり、その前の二句はたまたま〈声白し〉で一致する句である。〈海暮れて鴨の声ほのかに白し〉では聴覚が視覚に転化している点で有名な作品である。いわゆる〈感覚の転化〉であるがこの詩的技法は十九世紀フランス象徴詩において盛行したものといわれている。〈銀のこゑ〉と〈音真赤〉も同様の〈感覚の転化〉の作品である。

大音響のごときビル群寒夕焼

慟哭のごと大都会夕焼くる

〈感覚の転化〉の究極の作品として右の二句をあげることができよう。この感覚は『妣の国』におけるテーマにふさわしいと感じられてならない。西方浄土を荘厳する夕焼の色のシンフォニーといえるのではなかろうか。例えばベートーベンの〈荘厳ミサ曲ニ長調〉のような感じであろうか。

21章　人生合せ鏡——谷口摩耶『鏡』

句集『鏡』は二〇一二年（平成二十四年）八月一日に〈角川21世紀俳句叢書〉の一冊として出版された。谷口摩耶には『鍵盤』と『風船』の二冊の句集があるので第三句集と見ることができるであろう。句集の構成は〈切炭（二〇〇五年以前）〉・〈赤ワイン（二〇〇六年～二〇〇七年）〉・〈家系図（二〇〇八年～二〇〇九年）〉・〈花氷（二〇一〇年～二〇一一年）〉の四部構成となっている。

アマリリス知らない所に手を洗ふ　　摩耶

この句のイメージを大谷ひろよし画伯に、アマリリスの花で表現していただいた。出来上がった表紙画は私の気持ちにぴったりで、不安感と安心感とが交叉している。やはり俳句は『鏡』だと思った。（あとがき）

右の〈あとがき〉の中の言葉にでてくる〈俳句は『鏡』だと思った〉にこの句集名の由来を求めることができるであろう。更に作者は〈あとがき〉の末尾において〈これから後の人生も俳句という『鏡』に映して行きたいと思う〉と述べている。尚この句集の中に〈初鏡つかまり立ちの指のあと〉

という〈鏡〉の作品を見ることができる。

ひとすぢの滝のありけり初景色

句集『鏡』の巻頭第一句である。〈初景色〉とは一年の初めの元旦の瑞祥に満ちている風景のことである。いつも見慣れた景色でありながら、年の改まった感じによって新鮮な感じに見えるものである。従ってこの作品は新年をことほぐ作品であるとともに、この句集をことほぐ作品でもあるのだ。私は個人的には〈一月の川一月の谷の中　飯田龍太〉との類似性を思う。人類にとって生命の源を暗示する景色としての〈滝〉や〈川〉の存在に思い至るからである。実際に川は豊饒をもたらす全能者とギリシャ人達は見ていたようである。川と同様滝は実体は常に存在するものであるが、決して同一であることはない。つまり一つの川に決して同じ水は流れないし、滝を作る水滴は一瞬一瞬入れかわるのである。この川と滝の観察によって万物における流転と不動のパラドックス理論をギリシャのヘラクレイトスや仏教が築いたといわれている。中国における滝は山が不易のシンボルであり水が非連続性のシンボルとなりまさに〈陰〉が〈陽〉に対置されて〈禅〉の定式的表現法をなしているという。要するに〈ひとすぢの滝〉はあらゆる変化のスタートを暗示していてまさに〈初景色〉にふさわしいものとなっているのだ。こうしたものごとの本質を見透かす眼力はこの句集の中に更にいくつかの例を発見することが可能である。

万緑や嘘をつけないピカソの眼

雨乞ひの果ての野分でありにけり
一つづつ落ちし木の実がこれほどに

一句目は〈万緑〉のみなぎる生命感を表出する季語にピカソの芸術家としての何ものにも動じない真実の眼力を取り合わせた作品である。二句目においては大自然の前の人間の無力というものを暗示しているものであろう。ひでりになった時〈降雨〉を神仏に祈るのであるが、〈雨乞ひ〉の霊験あらたかにも天に風雲巻き起こり幸運にも雨が降ったのである。しかし雨の降り方が問題である。人間にとっては大地を充分潤してくれればよかったのである。この作品の場合は〈野分〉となりあたりの樹木をなぎ倒し洪水をひき起こす程のものであったかもしれない。まことに大自然のはからいは人知の及ばないものなのである。三句目〈木の実落つ〉はその落ち方を雨にたとえて〈木の実雨〉と〈木の実時雨〉ともいう。実際ひとつふたつポツリポツリと木の実が落ちている時は余り気にしていなかった木の実の数が地を埋め尽くして覆うほどになるとさすがに、木の実の数に驚いてしまうのだ。本当に〈塵も積もれば山となる〉のだ。これ等の作品は改めて作者の烱眼を如実に物語る作品である。

吉田鴻司師一周忌

黒揚羽蒲田の路地を抜けるとき
鴻司木槿いまさみどりに芽吹き初む

鴻司木槿＝吉田鴻司師の育てた木槿の木

黄落の鴻司木槿も日暮れたる

虹仰ぐ一人一人のこころざし

「鴻」五周年

五周年の宴の終り秋ざくら

右の五句は作者の俳句に関する活動を感じさせてくれる作品である。〈俳句のお陰で私は、素晴らしい縁《えにし》をたくさんいただいてきた。初学の頃から三十年近く導いて下さっている増成栗人「鴻」主宰、今は亡き吉田鴻司師、そして多くの句友の方々などである〉と〈あとがき〉において述べている。〈黒揚羽蒲田の路地を抜けるとき〉は吉田鴻司師の一周忌の作品である。恐らく蒲田の路地を抜けるときに出会った〈黒揚羽〉に師のたましいに出会ったようななつかしさを覚えたのではあるまいか。そしてその年に俳誌「鴻」は創刊されたのである。「鴻」という名から分るようにこの結社は吉田鴻司師の遺徳を偲んで創刊されたのであろう。増成栗人主宰のもとで作者は編集長を務めておられるのである。〈鴻司木槿〉の二句は花時の木槿を詠んでいない点が注目される。吉田鴻司師の好んだ木槿の木を〈芽吹き〉と〈黄落〉の時に詠んでいるのである。この木槿の木が吉田鴻司師の庭にそのまま植えてあるのか、あるいは作者の庭に移されたものかは分らないが、吉田鴻司師の遺愛の植物をいとおしむ心は惻惻として伝わってくるのである。恐らく創刊された俳誌「鴻」のメンバーの方々が高い志を持って行動されているのであろう事は〈虹仰ぐ一人一人のこころざし〉の作品が何よりも雄弁に物語っているのではなかろうか。そして昨年の平成二十三年に「鴻」は五周年を迎えたのである。〈五周年の宴の終り秋ざくら〉と作者は詠み美しいコスモスの花によりこの五周年をたたえかつ更なる将来の飛躍を期するのである。

洗ひ髪まとめて婚を告げに来し

彩子、結婚

嫁がせて虫細る夜の赤ワイン

生れくる赤子の話さくらんぼ

月天心産み月の子を迎へけり

産院に靴べらの無し秋の薔薇

初孫、祐輝退院

生れたての嬰を抱きて冬に入る

薫風の吹き抜けてゐる兜の間

乾杯をしたくて二歳のお正月

作者の御嬢様との関連が想像される作品群も作者のファミリーの作品として看過できない重要性を持っていると思われる。〈洗ひ髪まとめて婚を告げに来し〉と御嬢様が結婚を告げに来た作品は平成十八年のことであった。そして〈嫁がせて虫細る夜の赤ワイン〉の作品にみられるように結婚される。平成二十年に〈生れたての嬰を抱きて冬に入る〉と詠まれて初孫の祐輝君が生まれる。男子の節句を〈薫風の吹き抜けてゐる兜の間〉と詠まれてお孫様のすこやかな生長を願うのである。平成二十三年の〈乾杯をしたくて二歳のお正月〉の作品の中に二歳のお孫様がお元気に育っている事がほほえましくめでたく詠まれている。これらの句の中に母親としての心理とそして祖母となった感慨がしみじみとあらわれてくる。

夫、得度

つちふるや剃髪の日の夫送る

夫、知恩院の修行終える

頰骨を尖らせ夫が花野より

擦り切れし白衣《はくえ》をたたむ良夜かな

冬萌や父母に敷かれし道を来て

つちふるや祖父の日記にゐる私

ハイデルベルク

蔦もみぢ祖父の歩きし石畳

ゲーテ通り十番地なり日向ぼこ

祖父（友松圓諦）が昭和二年より住んだ下宿。
現在、築百年。

家系図に知らぬ名ばかり鯉のぼり

お彼岸の燐寸擦るとき父のこと

白花は祖父かもしれぬ曼珠沙華
あたらしき念珠をおろす今年竹

谷口摩耶の著者略歴によれば〈東京都千代田区の神田寺に生まれる。仏教学者、友松圓諦《えんたい》の孫。〉ということである。略歴から父上は神田寺の御住職であったと推察される。そして引用句の一句目の前書から御主人が得度をされた事を知るのである。このように考えてくると谷口摩耶は仏教と深いかかわりにおいて存在するのであると思われる。加えて〈摩耶〉という名前は私は命名の由来は分らないのであるが、釈尊の母と同じ名前なのである。多分この一致は偶然ではないような気がする。〈ちふるや剃髪の日の夫送る〉は御主人の得度の作品である。この句における季語の〈つちふる〉ははるか彼方の中央アジアのかつて仏教が栄えた地域を背景にしているのではないかと想像する。例えば敦煌に盛えた仏教の時代などを思わせる。更に〈つちふるや祖父の日記にゐる私〉にも〈つちふる〉という季語がでてくる。この作品では〈つちふる〉は時空のはるか彼方というイメージが湧いてくるようである。

浄土宗の僧侶となったが、既存の仏教の在り方に疑念を抱いた。浄土宗の僧侶のまま宗教大学（大正大学）へ入り、卒業してさらに慶應義塾大学予科を経て、慶應義塾大学文学部史学科でサンスクリット（梵語）を学び、大正13年に卒業。独・仏に留学し、帰国後に慶應義塾大学予科講師・教授、慶應義塾大学仏教青年会顧問、日本放送協会ラジオ講師、大正大学講師等を歴任。西洋哲学に裏打ちされた仏典研究をはじめる。また、高島米峰の新仏教運動に影響されて仏教復興運動（真理運動）を開始し、ラジオや機関誌で思想を広めた。無宗派の寺院である神田寺を設立して、在家信者の教化に当たる。また、様々な社会運動をリードし、全日本仏教会を設立して既存の仏教諸宗派をまとめ上げ、初代の事務総長となった。

右の引用はフリー百科事典「ウィキペディア」の友松圓諦に関する概要である。この概要により私は『鏡』の理解の大きなヒントを得た気がしてくる。換言すれば友松圓諦から大きな影響を『鏡』は受けているといえるのだと思う。例えば一九二七年に友松圓諦はドイツのハイデルベルク大学に留学し、一九二九年にフランスのソルボンヌ大学に留学しているのであるが、作者は八十年後にハイデルベルクを訪問し〈蔦もみぢ祖父の歩きし石畳〉と〈ゲーテ通り十番地なり日向ぼこ〉という作品を詠んでいる。

梅雨どきの白樺こげらの子が孵る
夕焼やひな鳥の声ふとくなり
親鳥のしきりに呼ぶ日南風吹く
草いきれして一羽づつ巣立ちけり
鳥を見る癖がいつしか梅雨晴間
緑蔭に鳥の巣穴の残りけり

こげらの巣立ちを取材した連作であるが、作者の視線のやさしさが印象的である。これ等の作品は現実には〈こげら〉という鳥の巣立ちのプロセスを詠んだものであるが、私は普遍的な母性愛や慈悲の心が強く感じられてならないのである。いわゆる仏教的な愛とやさしさの溢れる世界の一部を写しているといえるのであろう。仏心の滲んだ作品群といえるものである。

噴水のつぎのかたちが気になつて
噴水の大樹となりてかがやけり
噴水てふ水の祭の始まりぬ

私は作者と同じ世代の人間であり、それゆえに強い同感を抱く作品に溢れている。そうした傾向の中で実に現代風の作品に出会い微笑を禁じえない例が多々存在する。例えば〈魚跳ねし水の窪みよ五月くる〉という作品に私はジャズのスタンダード・ナンバーの〈サマータイム〉にでてくる一節の〈フィッシュ・アー・ジャンピング〉等を思い出してなるほどと同感してしまう。引用の噴水の作品群は作者の現代の美意識がさわやかで、クールな気分にさせてくれるのである。『鏡』はまさに人生における不易流行の合せ鏡をなしてあくまで美しいのである。

22章　この道高き嶺――茨木和生『真鳥』

句集『真鳥』は二〇一五年（平成二十七年）八月十三日に角川俳句叢書〈日本の俳人100〉の一冊として出版された。『真鳥』とは〈マトリ〉と読み、あとがきによると〈句集名の『真鳥』とは見事な鳥という意味で、多く鷲のことを言う。犬鷲の営巣地が近くの生駒市域にあって、私の住む平群にも飛来していると聞いて詠んだ巻尾の句から付けたまでである。〉ということである。句集の構成は〈平成二十四年〉・〈平成二十五年〉・〈平成二十六年〉というタイトルになっており三部よりなりたっている。

生まれ育った土地、訪れた土地の禽獣虫魚、山川草木、さらには地霊との交歓のうちにそこにひとつのパラダイス（楽園）を生ましめている。フォークロアの世界に踏み込む楽しさがある。

右の引用は『現代俳句大事典』（二〇〇五年・三省堂刊）の〈茨木和生〉（六二頁）の《作風》（中田剛）よりのものである。この引用を読むと日本のいにしえの地の奈良に生まれ育ちそして今も生国奈良に住む作者の息づかいが聞こえてきそうな印象がある。土地と地霊の交歓という現代日本において滅亡しかけている状況を俳句に詠みとどめておく意志が伝わってくる作風を感じる。

その場跳びして寒鴉戯るも
名前なき仔猫をみいと呼べば来る
田植機の操作も確か卒寿翁
夏痩を知らざり古稀を過ぎたれど
じつと見てをれば蓑虫見出せり
見し夢のことのはてさて忘初
大股に跳んで逃げ行く牛蛙
ひよこひよこと盆路降りて来られけり
神棚に忌と貼り紙を薬喰
年迎ふ本尊盗まれたる寺も
乗り来たるバスの号車を忘初
寒鴉大き雀といひて捕る
啓蟄の蟾蜍日に腑抜け面
ここいらの猟期は旧と出て行けり
あつぱれと褒められてをる朝寝かな
居眠れる妻の鼾も春ならでは

初恋のこと語り出す春炉かな
神主も出でて草刈機を使ふ
蛇も迂闊われも迂闊や蛇を踏む
根詰めて蓼食ふ虫を探さむか
大学生蟬をきもいと逃げにけり
口紅の色替へし妻年の暮

句集『真鳥』を通読して驚かされたのはユーモアの作品が全編に溢れている事実である。句集を十冊以上出版している著者であるが、こうした傾向は最近の句集『真鳥』ではじめて実現した境地ではあるまいか。私はこのことを知ることができただけでも句集『真鳥』に満足を感じている。無論この句集はこのひとつの傾向に終わるものでは決してないことを知りつつもそのように感じているのである。それほど私には著者のユーモアに快い驚きを感じたということなのである。〈その場跳びして寒鴉戯るも〉における寒鴉の躍動感は生命力に溢れ、その鴉を見詰める作者のまなざしに限りないやさしさを見て取るのである。〈名前なき仔猫をみいと呼べば来る〉の句は前の寒鴉の句を客観的なやさしさの句とするならば、主観的やさしさの句と呼ぶことのできる作品である。恐らく捨猫であるこの仔猫に対して作者は思わずかわいらしさの余り〈みい〉と呼んでしまったのである。果たしてその仔猫は作者の呼びかけをこれさいわいとみいみい鳴きながらすり寄って来るのである。話しはそれるが私が中学迄飼っていた猫は全てミケであったが、それ以降飼い猫の名前は全てミーコであった。数年前毛の長いチンチラの雑種の猫が家に住みついてモコと名付けたのであるが、それまで五十年間飼い猫はミーコ一点張りであった。〈田植機の操作も確か卒寿翁〉・〈ひよこひよこと盆路降りて来られけり〉に見られる主人公はいわゆる季語にある〈生身魂〉にあたる今も元気なお年寄りであろう。こうした老人に対しても著者はやさしくほほえみを浮かべながらことほぐことを忘れないのである。〈じつと見てをれば蓑虫見出せり〉・〈大股に跳んで逃げ行く牛蛙〉・〈啓蟄の蟾蜍日に腑抜け面〉・〈根詰めて蓼食ふ虫を探さむか〉等はさきの寒鴉や仔猫と同様に中田剛の言う禽獣虫魚・山川草木・地霊との交歓に見るパラダイスの作品群と呼ぶことができるのであろう。蓑虫・牛蛙・蟾蜍・蓼食ふ虫といわれてわれわれは思わず微笑してしまうのである。あの気味の悪い蛇に対してさえ著者は〈蛇も迂闊われも迂闊や蛇を踏む〉とあくまでもユーモアの気持ちを持って余裕綽綽なのである。〈夏痩を知らざり古稀を過ぎたれど〉・〈乗り来たるバスの号車を忘初〉といって著者自身をもユーモアの目で観察しているのだろう。

俳句のルーツである「俳諧」とは、元来「たはぶれ」すなわち「滑稽」との意味であった。それゆえ、芭蕉登場以前の「滑稽」性の横溢する俳諧作品は、人々の心を大いになごませた。芭蕉俳諧においても、俳諧の本質としての「滑稽」的側面を継承した。ただし、芭蕉以前の俳諧が、もっぱら皮相的な滑稽に終始したのに対して、芭蕉俳諧の滑稽は、人間存在の「あはれ」とも深いかかわりを有するものであった。芭蕉はそれを「俳意」と呼んでいる。いずれにしても「俳諧の意味は、滑稽なること」（三宅青軒編『俳諧独学』）との理解は、明治時代にも一般的であった。（以下略）

（『現代俳句大事典』・二二六頁）

右の引用は『現代俳句大事典』における復本一郎による〈滑稽〉の説明文である。茨木和生句集『真鳥』との関係を思うならば、人間存在の〈あはれ〉と深いかかわりを持つ芭蕉の滑稽に思い至るのである。句集『真鳥』において〈芭蕉忌やこの道高き嶺にゆく〉という作品を発見することができる。恐らく茨木和生はこの句の中で芭蕉の『笈日記』の〈この道や行人なしに秋の暮〉を思い浮かべていたのであろう。

蛇がゐて蝮はをらず涅槃絵図
蛇やといふ子供の声のかがやけり
蝮なり今年初めて見し蛇は
旧道を行けば蛇また蛇に合ふ
へびへびと蝮を小学生囲む

蛇はもっとも大地と結びついた動物であることは、足をもたずに地を一生涯這って生きてゆくのを見れば良く分るであろう。〈蛇がゐて蝮はをらず涅槃絵図〉にみられるように、一般的に蛇は仏教においては生命の輪を意味している。生命の輪とはいわゆる仏教の輪廻ということになるのであろう。但しこの作品では猛毒の蝮は仏教の涅槃絵図からはずされているということになろう。〈蛇やといふ子供の声のかがやけり〉と〈へびへびと蝮を小学生囲む〉においては子供達の好奇心を呼び起こしてやまないものとして、蛇がでてくるのである。どういうわけか無垢の子供達はなにしろ蛇を見るとはしゃいで元気な声をあげるのである。〈へびへびと蝮を小学生囲む〉の作品において何も知らずに蝮を取り囲んではやしたてている小学生達をみつめて、はらはらしている作者の姿が描かれているようである。あの猛毒を持つ蝮に対して何の恐れも抱かない小学生の好奇心を頼もしく思いつつも心配しているのである。こうした景に対して私はシェークスピアの言葉を思いだす。シェークスピアは『ヘンリー六世第二部』（三幕一場）において〈花咲く土手にひそんでいる蛇の皮は、美しいまだらに光っている。子供はそれを本当に美しいと思って、近寄ってはたちまち刺されてしまう。〉と述べている。

持ち歩きゐても崩れず梅雨茸
唐崎の松の樹下にも毒茸
粒揃ひなり閨採りの松茸は
毒茸採りよと笑ひ過ぎゆけり
地の人の案内を得て茸狩
衰へてゐず雑茸を探す目も
何人の人殺めしや月夜茸

蛇は神と悪魔、生と死等を同時に示す二重性のシンボルを持つ動物であったが、菌類のキノコも美味と毒という相反するもののシンボルを持つ不思議な存在である。〈唐崎の松の樹下にも毒茸〉は明らかに芭蕉の〈辛崎の松は花より朧にて〉の作品の雰囲気を持っていてしかも下五に〈朧〉の代わりに〈毒茸〉を持って来て読む者をドキリとさせる。思えば芭蕉は元禄七年九月二十七日に園女《そのめ》に招かれその席に出された茸にあたったことが死因という説が浮世では有名である。事の真偽はともかくとして体調を崩したあとかなり園女に気をつかっていたことが伝えられている。又一説によると釈尊は金物細工師チュンダのところで食事をした時毒キノコが供されそれがもとで生涯を閉じることになった、という話しが伝えられている。釈尊はチュンダが汚名をかぶることのないようにチュンダの供養の功徳をたたえたといわれる。こうした俗説を信じるならば、芭蕉も釈尊も毒茸によって命を失ったということになるが、〈キノコ〉はそれだけで〈疑惑〉と〈毒〉のシンボルをもっているのである。このような事を知ると〈何人の人殺めしや月夜茸〉という作品がより迫力をもってくるのだ。

大袈裟に咲くものあらず山桜
その樹下に鹿立つ夜の山桜
戦争を知りゐる樹々も山桜
欅より高く伸びゐて山桜
日受けよき家も空き家山桜
崖迫りゐたる漁港の山桜
弔上げと墓に寄りをり山桜
吉野よりここの一樹の山桜

平成二十六年の作として句集『真鳥』にはたて続けに右のような〈山桜〉の作品が連続してでてく

る。〈戦争を知りゐる樹々も山桜〉には〈吉野山中にて〉という前書があり、〈吉野よりここの一樹の山桜〉には〈右城暮石先生の山墓の道〉の前書が付されている。茨木和生は吉野の桜を守る募金活動を先頭に立っておしすすめている人物としてよく知られている。そして何よりも引用の作品群を見ていると茨木和生は〈山桜〉を心の底から愛しているようにかんじられてくるのである。〈しきしまのやまと心を人問はば朝日に匂ふ山桜花〉の本居宣長の気分を底に敷いて大和に生まれ育ち、今も大和に住み、吉野をこよなく愛する作者に本当に〈山桜〉は似合う花であると思われてきてならない。

水替への鯉を盥に山桜　（『遠つ川』）

金盥に撓う一尾の黒い大鯉が想像されてくる。山桜がその盥を見下ろすようにして立っている。鯉の生気と山桜の精気との出会い。その眩しさがよい。（『現代俳句大事典』・六二三頁）

中田剛は茨木和生の〈水替への鯉を盥に山桜〉の作品を右のように鑑賞しているが、まさに真鯉の黒々とした鱗の一枚一枚がくっきりと印象深く、山桜の花びらの一枚一枚が明確に心に刻印されてすばらしい世界が現出されているようだ。

落花せず闇に大揺れしてをれど

私はこの句にダイナミズムの中の一瞬の静止の時間を思う。こうした境地を思わせる作品をあげてみると次の諸作品が思い浮かぶ。

咲き満ちてこぼるる花もなかりけり　高浜虚子
花万朶さゆらぎもなく蔵すもの　山口青邨
一輪も紛れず花の咲き満ちし　清崎敏郎
花すぎの風のつのるにまかせけり　久保田万太郎

虚子の場合は満開の花の静止の一瞬を〈こぼるる花もなかりけり〉と言いとめ、青邨は逆に散ることを述べずに〈蔵すもの〉と述べて花びらが満開に耐えていることを示している。敏郎は満開の様子を〈一輪も紛れず〉と把握し、万太郎は桜の花の放下の様子を〈風のつのるにまかせけり〉とつきはなして表現しているのである。さて私は〈落花せず闇に大揺れしてをれど〉という作品の中に茨木和生の実存そのものをみてとってしまうのである。大変な現代という時代に翻弄されながらも自分の命の存在を〈落花せず〉と大胆かつ冷静に捉えるのだ。

附録(1)　俳句と『武士道』

『武士道』は新渡戸稲造の著作で明治三十二年（一八九九年）にアメリカで出版された。この時新渡戸稲造は三十八歳であった。この著作の原書は英語である。『武士道』は以後世界中で又日本国内で日本文化及び日本人論を展開した著作として光彩を放っている。

『武士道』の中で詩の役割がかなり重要視されている。そこで『武士道』と詩の関係について若干の考察を加えてゆきたい。ところで『武士道』における詩とは日頃武士が親しみ愛着をおぼえていた詩なのであった。従って抽象的な詩ではない具体的な詩とは歴史的にみていわゆる連歌俳諧との関係が極めて濃厚な印象を受ける。この点に着目するならば、今日のわれわれが「俳句」と呼ぶ詩形式にもっとも親しみやすいイメージを抱くのではなかろうか。但し実際に現在の「俳句」とそれまでの「俳句」の先祖とはいささかのずれが存在しているのは明らかなので「俳句」についての辞書的な確認をしてみたい。加えて付言するならば『武士道』における詩といった場合勿論和歌というものも否定することはできないが、ここではあくまで「俳句」という観点に立ってどのような関係をみてとることができるかを探ってゆくことにする。

はいく〔俳句〕(「俳諧の句」の意)もと俳諧連歌の第一句(発句)が独立してできたもの。元来は俳諧連歌の発句及び連句の句をさしたが、明治にはいって正岡子規が発句のみを意味する語として使ってから一般化された。五七五の三句十七文字で完結するわが国独特の短詩で、季を入れるならわしであるが、季語の撤廃や定型をやぶった自由律などもみられる。

(『国語大辞典』小学館　昭和五十六年　一九三五頁)

はいかい〔俳諧・誹諧〕①たわむれ。おどけ。滑稽。諧謔(かいぎゃく)。②「はいかいか(俳諧歌)①」の略。③「はいかいれんが(俳諧連歌)」の略。室町末期、山崎宗鑑・荒木田守武などのころから行われた卑俗・滑稽を中心とする連歌をいったが、近世に至って松永貞徳が連歌の階梯とされていた俳諧を独自なものとして独立させ、そのジャンルを確立した。以後貞徳に率いられた貞門、西山宗因を中心とする談林と俳風が変遷し、元禄の松尾芭蕉に至って幽玄・閑寂を旨とするすぐれた詩として完成された。享保期・与謝蕪村らの中興期・小林一茶らの文化文政期・天保期など特色ある時代を経て明治に至る。広義には俳文・俳論等をも含めた俳文学全般のことをもいう。

(同書　一九三四頁)

本稿においては右の「俳句」・「俳諧」の定義をふまえて、キーワードとして俳諧・俳諧連歌の領域をも含んだ、広義の意味における「俳句」としてこの用語を用いることとしたい。従って以後ここで言う「俳句」は最初の語義説明にあるように「俳諧連歌の発句及び連句の句」を含む意味である。また「俳句」に「俳諧」が含まれる場合は二番目の「俳諧」の説明における③の意味で用いることとする。以上広義の「俳句」の意味であることを辞書的に確認して本稿に入ることにする。

『武士道』の英語版の初版前書の前頁において三つの著作の引用が掲げられているが、次の引用は詩と武士道の関係を暗示して興味深く思われる。

騎士道はそれ自身人生の詩である。

シュレーゲル・『歴史哲学』

（矢内原忠雄訳『武士道』岩波文庫　二〇〇〇年（六十六刷）一七頁。以下『武士道』の訳は全てこの版による。）

新渡戸稲造は序文に先立ちシュレーゲルの言葉を引用しヨーロッパの騎士道と詩の関係に注意を払っている。これはヨーロッパの騎士道と日本の武士道を対比して両者に存在する詩の世界の重要性をほのめかしているのである。新渡戸は第一章で「騎士道」と「武士道」の比較・説明を行っている。ここではまず武士道の典型を芭蕉をなかだちとして考えてみたい。

東須磨・西須磨・浜須磨と三所《みところ》にわかれて、あながちに何わざするともみえず。（中略）若古戦《もし》場の名残をとどめて、かかる事をなすにやいとど罪深く、猶《なほ》むかしの恋しきままに、てつかいが峯《みね》にのぼらんとする。導きする子のくるしがりて、とかくいひまざらはすをさまざまにすかして、麓の茶店にて物くらはすべきなど云《いひ》て、わりなき躰《てい》に見えたり。かれは十六と云《いひ》けん里の童子よりは四つばかりもをとをとなるべきを、数百丈の先達として羊腸険阻《やうちやうけんそ》の岩根《いはね》をはひのぼれば、すべり落ぬべき事あまたたびなりけるを、つつじ・根ざさにとりつき、息をきらし、汗をひたして漸《やうやう》雲門に入《いる》こそ、心もとなき導師のちからなりけらし。

須磨のあまの矢先《やさき》に鳴《なく》か郭公《ほととぎす》
ほととぎす消《きえ》行《ゆく》方《かた》や嶋《しま》一つ
須磨寺やふかぬ笛きく木下《こした》闇

（『笈の小文』）（『松尾芭蕉集』小学館　昭和四十七年（初版）三二七頁〜三二八頁）

松尾芭蕉は須磨を訪れて右のように述べている。ここにでてくる〈古戦場〉は源平の戦った一の谷の合戦場のことである。更に〈十六と云けん里の童子〉とは『平家物語』で義経をひよどり越えに案内した熊王（鷲尾三郎）という童子である。一説には熊谷直実《くまがいなおざね》の子直家を混同したものという解釈もある。〈須磨寺やふかぬ笛きく木下闇〉の一句は源平合戦で最も有名なエピソードを背景にしている。謡曲『敦盛《あつもり》』の中に熊谷直実が敦盛を弔う場面があるが、芭蕉はこの場面などを念頭に置いて〈敦盛の吹く笛〉を想像の世界で聞いたのであろう。芭蕉は「敦盛の石塔にて泪をとどめかね候。（中略）生年《しやうねん》十六歳にして戦場に臨み、熊谷の組みていかめしき名を残し侍る。其の日のあはれ、其の時の悲しさ、生死事大《しょうじじだい》無常迅速、君忘るることなかれ。」（物七宛・元禄元年四月二十五日付書簡）と手紙に記している。

弱者、劣者、敗者に対する仁は、特に武士に適《ふさ》わしき徳として賞賛せられた。日本美術の愛好者は一人の僧が後向《うしろむき》に馬に乗れる絵を知っているであろう。これは嘗《かつ》ては武士であり、盛んなりし日にはその名を聞くさえ人の恐れし猛者《もさ》であった。須磨の浦の激戦（西暦一一八四年）は我が歴史上最も決定的な合戦の一つであったが、その時彼は一人の敵を追い駆け、逞《たくま》しき腕に組んで伏せた。（中略）武士は驚き、手を緩《ゆる》めて彼を扶《たす》け起し、父親のごとき声をもってこの少年に「行け」と言った。「あな美しの若殿や、御母の許《もと》へ落ちさせたまえ、熊谷の刃《やいば》は和殿《わとの》の血に染むべきものならず、敵に見咎められぬ間にとくとく逃げ延びたまえ」。若き武士は去るを拒み、双方の名誉のためにその場にておのれの首を打たれよと、熊谷に乞うた。（中略）再び落ちさせたまえと願いしも、敦盛聴かず、かつ味方の軍兵の近づく足音を聞いて、彼は叫んだ、「今はよも遁《のが》し参らせじ、名もなき人の手に亡《うしな》われたまわんより、同じうは直実が手にかけ奉りて後の御孝養をも仕《つかまつ》らん。一念弥陀仏、即滅無量罪」。（中略）戦終り熊谷は凱陣したが、彼はもはや勲功名誉を思わず、弓矢の生涯を捨て、頭を剃り僧衣をまといて、日入る方弥陀の浄土を念じ、西方に背を向けじと誓いつつ、その余生をば神聖なる行脚《あんぎゃ》に託したのである。

（『武士道』五三頁〜五四頁）

新渡戸稲造は武士道における〈仁〉の具体例として源平合戦での熊谷直実のエピソードをあげている。豪雄で知られる熊谷直実が弱冠十六歳の平敦盛を討つのであるが、直実は世の無常を感じて仏門に入る。これは説話となっているほど有名な逸話である。又既に述べたように謡曲の修羅物の『敦盛』という作品も世阿弥によって作られている。人物としての敦盛は風雅の心の持ち主で、殊に笛の名手であったという。敦盛の愛用の笛は〈青葉の笛〉と呼ばれ芭蕉の句にもでてくるが、〈青葉の笛〉は『十訓抄』巻十に名笛として列挙されており、後世において敦盛愛用の笛と誤り伝えられたようである。この直実のエピソードは〈武人の霊を主人公とし、戦いを題材に、死後修羅道に苦しむ〉という内容の能の修羅物に合致している。更にこの逸話は見方を変えてみると、他者の死を眼前にして武士が重大な死生観の葛藤に直面し、武士を捨てて出家してしまうというパターンとも言いうるものである。『笈の小文』と『武士道』における敦盛のテーマに焦点を当てたわけであるが、熊谷直実と結果において類似の生き方を松尾芭蕉もとったようにも思われてくる。芭蕉は寛文二年（一六六二年）十九歳の時、藤堂新七郎家に士分としてではないにせよ取り立てられ、当主良精《よしきよ》の息子主計良忠《かずえよしただ》（俳号蟬吟）の近習役であったと伝えられる。しかし藤堂蟬吟が寛文六年（一六六六年）に二十五歳で病死してしまう。芭蕉は蟬吟の遺骨（あるいは遺髪）を高野山報恩院にみずから納めにでかけるのである。以後諸説はあるが結局のところ芭蕉は武士の道から俳句の道へと転身してゆくのである。この松尾芭蕉の人生の転換点にあって藤堂蟬吟の早世は以上述べた通り大きな意味を持っていたように推察できる。

これらの優美なる感情を表現するため、否むしろ内に涵養《かんよう》するがため、武士の間に詩歌が奨励せられた。それ故に、我が国の詩歌には悲壮と優雅の強き底流がある。或る田舎侍〔大鷲文吾〕の物語として、人に知られた逸話がある。彼が俳諧を勧められ、「鶯の音」という題にて最初の作を試みたが、猛き心が裏切って、

鶯の初音をきく耳は別にしておく武士かな

という、拙作をば投げ出した。彼の師〔大星由良之助〕はこの粗野なる感情にも驚かず彼を励ましたが、ついに或る日彼のたましいの音楽が目覚めの鶯の妙音に応じて、

武士《もののふ》の鶯きいて立ちにけり

との名吟を得た。

ケルナーは戦場に傷つき倒れし時、有名なる『生命への告別』を賦《ふ》した。彼の短命なる生涯におけるこの英雄的行為を我々は賞嘆欣慕するが、同様の出来事は我が国の合戦において決して稀ではなかった。我が国の簡潔遒頸《しゅうけい》なる詩形は、特に物に触れ事に感じて咄嗟《とっさ》の感情を表現するに適している。多少の教養ある者は皆和歌俳諧を事とした。戦場に馳する武士が駒を止め、腰の矢立を取りだして歌を詠み、しかして戦場の露と消えし後、兜《かぶと》もしくは甲《よろい》の内側からその詠草の取りだされることも稀ではなかった。

（『武士道』五五頁〜五六頁）

右の部分では新渡戸は詩が武士の間で奨励され、実践されていた事を述べている。実例として武士の大鷲文吾が師の大星由良之助について俳句を学んだことがあげられている。大鷲文吾は俳句の題として〈鶯の音〉を与えられたが、はじめはなかなか良い作品ができなかった。しかし彼はある日詩的霊感を得て〈武士《もののふ》の鶯きいて立ちにけり〉という得心の句を得たのである。更に武士は戦場においても詩を作っていたのである。新渡戸は戦死した武士の兜や甲に最後の詩が書かれていた例も頻繁であったと述べている。武士はこのようにまるで遺言であるかのように詩を書き残していったのである。〈多少の教養ある者は皆和歌俳諧を事とした〉という個所は日本人の詩歌好みを特に強調した部分で

興味を引かれてならない。この訳は名訳のほまれが高いがもう少し日本語として分りやすく、かつ原文の英語に忠実に訳すと〈いささかでも教養を身につけた（日本）人ならば誰でも一流か三流かを問わず皆詩人であった※〉となるものと思う。要するに日本人の詩歌好みを世界に知らしめたのである。

日本人は皆詩人である

日本人は大抵詩人であると云つていいと思ひます。（中略）日本人は大概詩人だと云ふのはそれとは異なつた意味で、二階住居にも朝顔の鉢を並べることを忘れなかつたり、倒れかかつてゐるやうな草家にも七夕竹を立てることを忘れなかつたり、夕顔棚の月を賞美したり、夕焼の野道に佇んだり、さういふ心のゆとりの有る、又、それを見て居る中に何と無く心に沸き立つて来る或る物が有るやうな感じを持つて居るものは日本人でありまして、其点は慥に日本人は西洋人より発達して居ると思ふのであります。日本に俳句といふものが有りまして其俳句を作る人は殆ど日本の人口の百分の一であると私はよく戯れていふのでありますが、さういふやうに無数に沢山の人が有るといふのは畢竟此日本人の性質に基づくものであらうと思ひます。俳句は、之を作り之を指導する人が有るにはあるが、併し其等の専門家で無くつても一般の人が自から詩人となつて、その詩のハケ口を見出したものが我が俳句となるのだと思ひます。

（高浜虚子『俳句読本』（創元文庫　A－29）創元社　昭和二十八年（四版）一八頁〜一九頁）

新渡戸稲造の日本人の詩歌好みの言説は詩歌を俳句にせばめても、情緒的には納得できるような気がしてくる。そして右の『俳句読本』の高浜虚子の言葉に更に要約されているように感じられる。高浜虚子はたわむれと断りながらも俳句人口は日本の人口の一パーセントと言っている。ちなみに一例として、『日本語百科大事典』（大修館書店・一九八八年初版・八九四頁）によれば「現在、短歌人口三十万に対して俳句人口は三百万以上と言われ、俳句誌の数は八百以上と言われているが、この活動量の豊富さが、かえって停滞を生んでいる観がある。」とのことである。一パーセントにしろ三百万にしろ膨大な数であることには変わりがないであろう。

信ずべき史実として伝えらるるところによれば、江戸城の創建者たる太田道灌が槍にて刺された時、彼の詩を好むを知れる刺客は、刺しながら次のごとく上の句をよんだ、

かかる時さこそ生命の惜しからめ

これを聞いてまさに息絶えんとする英雄は、脇に受けたる致命傷にも少しもひるまず、

かねてなき身と思ひ知らずば

と下の句をつづけた。

勇気にはスポーツ的の要素さえある。常人には深刻な事柄も、勇者には遊戯に過ぎない。それ故昔の戦《いくさ》においては、相戦う者同志戯言のやりとりをしたり、歌合戦を始めたことも決して稀ではない。合戦は蛮力の争いだけではなく、同時に知的の競技であった。（『武士道』四五頁〜四六頁）

新渡戸はここで生命の危険を前にして尚平常心を失わずに詩的遊戯に興ずる例をあげている。江戸

城の開祖である太田道灌は刺客の手にかかりつつ、刺客の示した「かかる時さこそ生命の惜しからめ」の上の句に対して死を前にしつつも「かねてなき身と思ひ知らずば」の下の句で応じたのである。この例から武士の緊急時になお詩に遊ぶ心の余裕を失わない平常心が強く印象づけられるのである。このように武士が極限的状況にあって更に詩をたしなむという事は広くゆきわたっていたふしがある。

長崎四郎左衛門尉この有様を見て、「この城を力攻めにする事は、人の討たるるばかりにてその功成り難し。ただ取り巻いて食攻《じき》めにせよ」と下知して、戦を止められなければ、徒然《とぜん》に皆たへかねて、花の下《もと》の連歌師どもを呼び下《くだ》し、一万句の連歌をぞ始めたりける。その初日の発句をば、長崎九郎左衛門、

さきかけてかつ色みせよ山桜

としたりけるを、脇の句、工藤二郎右衛門尉、

嵐や花のかたきなるらん

とぞ付けたりける。まことに両句ともに詞《ことば》の縁たくみにして、句の体《てい》は優なれども、御方《みかた》をば花になし、敵を嵐に喩へければ、禁忌なりける表示かなと、後にぞ思ひ知られける。（中略）これにこそ、城内の兵は、中々悩まされたる心地して、心の遣る方も無かりける。

（『太平記』巻七・千剣破《ちはや》の城軍《しろいくさ》の事）

右の引用は『太平記』における連歌に言及している個所である。正慶二年（一三三三年）に関東軍

が千剣破城を包囲して、いわゆる兵糧攻めの戦法を取ったのである。この時包囲する軍勢が戦の最中であるにもかかわらず、京都から連歌の専門家である連歌師を呼び、連歌を一万句詠むということになるのであった。ここでは戦場という人間の極限状態にあって、連歌という詩に軍人達が打ち興ずるというものである。千剣破城に籠城している者達にとって連歌をはじめとして、更に百服茶や歌合《うたあわせ》などの遊びに興ずる敵をまのあたりにして、かえって悩まされ、心の晴らしようもなかったと、『太平記』の作者は記している。このあたりの事に関して吉田正俊は『西と東の狂言綺語』の中で次のような解釈をほどこしている。

千剣破攻めに手を焼いた兵士どもが、京都から連歌師を招いて連歌の一大饗宴を開くのです。陰惨な持久戦に慰めようのない焦燥感を、連歌によって忘れようとする武士たちの心情はあわれと言えばあわれですが、今日の人々にはかなわぬ果報でした。（中略）無造作に一万句と言いますが、略式と言われた歌仙三十六句でさえ与し易いとは言えません。もとより大方の鑑賞に耐える作品は数えるほどしかないでしょう。しかし作ることの喜びはまた格別です。身のほどを知りながら、明日を思わぬつかの間の楽しみを、連歌は多くの兵士に与えたのでした。連歌が主として戦国乱世の時代に栄えたということも、文武両道を武士の理想と考えたことと無縁ではなさそうです。（中略）戦乱の中にかろうじて生きた武士たちがなぜ煩わしい文学に打ち興じたのでしょうか。きょう限りの命と思う絶望感を克服しようとして求める連帯感の確認ではありませんか。人と人との触れ合いによって、忍びよる死の影を払拭したいという切ない思いではないでしょうか。（中略）戦闘と連歌。

死と言語遊戯と言いかえてもよろしい。死ぬ喜びなどありはしない。ただことばを通じてまだ生きているという確認を得たかったのです。このことは連歌の本質が問答であることでもわかります。

（吉田正俊『西と東の狂言綺語』大修館書店　一九七九年（初版）七一～七三頁）

吉田正俊は戦場で連歌に打ち興ずる兵士たちは、われわれの立場から見れば、あわれと思われるけれども、実はわれわれにはできない果報を得ていると述べている。更にここでは新渡戸稲造の言っている武士の理想が文武両道にあるという考えと同じものを、千剣破城攻めにおける一万句連歌のエピソードに認めているようである。加えて明日なき命の絶望感を連歌による連帯感の確認によって克服しようとすると述べているのである。そして最終的には一万句興行において人間はことばによって命の確証を得たいという願望を抱き、また実際にそのような行動に人間は走るものであると吉田正俊は明かしているのである。何よりもこの場合に中心となるものが連歌という言語遊戯である点が注目されるであろう。連歌というものがいかに戦国時代に繁栄し又重要であったかを、われわれはこのエピソードから窺い知ることができるし、またその効用も理想も知ることができるであろう。そして更に連歌の重要性を実際の現実の戦の作法の中にもわれわれは発見することができるのである。小和田哲男は『武将』という著作の中で次のように指摘している。

武将たちは、戦いに出ることを神聖視していた。軍師に出陣の日時・方向などを占わせていたこともそうであるが、出陣を前にした儀式の中にもそうした実態を読みとることができる。

一つは出陣連歌である。武将たちは、「出陣連歌会を開いて出陣すれば必ず勝つ」と信じており、出陣前のあわただしい最中、連歌会を開いている。

連歌は、他の一般的な文芸とは少し異なり、功徳が多いという観念があった。特に、詠んだ連歌を神々に奉納することによって、その功徳がさらに確かなものになる、つまり、願いがかなうという一種の信仰があったのである。庶民の間でも、雨乞いの連歌とか、疾病平癒の連歌などがあったということは、その間の事情を考える上で参考になろう。つまり、武将たちは、連歌を奉納して、戦勝祈願を行ったわけである。

もともとは、連歌の神とされていたのは北野神社で、その天満大自在天神に祈れば、罪穢や災害からのがれると考えられていたのである。しかし戦勝祈願の出陣連歌は、北野大神だけにかぎらず、地方の神社においてもその例はかなりみられるのである。

（小和田哲男『武将』近藤出版社　平成二年（初版）五六頁）

右に引用した資料によると、本来連歌自体に功徳があり、庶民の間では「雨乞い」や「疾病平癒」のために連歌を神々に奉納する事が行われており、武将たちもまたその連歌の功徳を信じて出陣連歌を行って「戦勝祈願」を期したことが分る。その場合に中心となった神社が、京都の北野天満宮であったことが知られる。幕府は北野天満宮に北野連歌会所を置くに至るが、この記録は永享三年（一四三一年）一月十八日に足利義教《よしのり》が北野会所で連歌会を催したものが最も早い事例と考えられる。加えて幕府によって北野連歌会所奉行という行政職長官としての役職が設けられ、宗砌《そうぜい》・宗祇・兼載・宗碩・宗牧らが抜擢されてその地位についたと伝えられている。これらの歴史的事実をみても当時連歌がいかに幕府に重要視されていたかよく分るであろう。連歌のもつ詩的連帯感という側面が、神の加護を祈ることと同様に出陣連歌の性質において重要性を持っていたことも看過できないものであろう。この連歌の伝統は「連歌始」という幕府の新年行事ともなっていた。連歌始とは室町・江戸両幕府での年中行事のひとつであり、室町幕府では正月十九日、江戸幕府では最初は正月二十日、慶安五年（一六五二年）以降は正月十一日に新年に初めて催される連歌の会である。室町幕府では発句を、江戸幕府では脇句を将軍が詠ずる（実際には代作による）習慣なのであった。

戦闘の恐怖の真唯中において哀憐の情を喚起することを、ヨーロッパではキリスト教がなした。それを日本では、音楽ならびに文学の嗜好が果たしたのである。優雅の感情を養うは、他人の苦痛に対する思いやりを生む。しかして他人の感情を尊敬することから生ずる謙譲・慇懃の心は礼の根本を成す。

（『武士道』五六頁〜五七頁）

引用の中で新渡戸稲造は、ヨーロッパでは戦において哀憐の情をよび起こす役割はキリスト教がになっているが、日本で同じ役割を果たすものは〈音楽と文学の嗜好〉であるとしている。ここで〈音楽の嗜好〉は別として〈文学の嗜好〉について思いを巡らせるならば、この〈文学〉というものはやはり具体的には俳諧連歌が重要な地位を占めるのではないかと想像するものである。更にヨーロッパにおけるキリスト教の役割を考えにいれてこれらの問題を拡張するならば倫理性の問題にもゆきつくのではなかろうか。もしこのような見解がある程度において、意味をもつものとすれば次の西脇順三郎の意見など大変興味深いものに思われてくる。

日本の伝統としての詩の形態は短歌としての和歌と俳句であるが、その詩的精神は芭蕉の俳句にもっともよく表明されているような、自然の風物に人間が愛着する神秘的な情念である。そしてその情念は、契沖がその『万葉代匠記』の総釈の雑説に述べているような、名利を求めず物欲を否定する人間の清らかな心を完全に象徴するのである。

そうした俳句の心は、もともと和歌の心から発展したものであった。そして、自然の風物を詠む漢詩は、すでに『文選』の影響を受けていた『懐風藻』から明らかになっている。

契沖がいう、そうした自然の風物に対する情念のない人にとっては、仏教や儒教を学んでも意味のないことである。契沖の意味することは、どんな風にとるべきであろうか。しかし、私の考えでは、そうした自然の風物に対する趣味は一つの教えであり得るのであって、しかもそれは仏教や儒教の教えよりもすぐれているという意味にもとられるのである。それは和歌や俳句の精神的価値を最大に受けとることになるのであろう。それは一つの宗教としての価値も人生哲学としての価値も、そうした風物愛に与えられることになる。

（西脇順三郎『芭蕉・シェイクスピア・エリオット』恒文社　一九八九年（初版）八六頁～八七頁）

これは西脇順三郎の「芭蕉雑記」の中の〈芭蕉の世界〉という論説である。西脇はこの中で〈自然の風物に対する情念〉を重視していることがよく分る。特に西脇は〈自然の風物に対する情念〉を持たぬ人にとっては仏教や儒教を学んでも意味のないことであるとさえ主張しているのである。更に芭蕉の俳句の中にこの〈自然の風物に対する情念〉がもっともよく詩的精神として示されている、と西脇順三郎は述べているのである。いずれにしてもこうした芭蕉の俳句に対する見方は新渡戸稲造が『武士道』において言う〈文学の嗜好〉と大変よく共鳴しあう発想であると感じられてならない。

武士階級出身と思われる松尾芭蕉は寛文十二年（一六七二年）に三十番発句合の『貝おほひ』を文学の神である上野天満宮に奉納している。この日は正月二十五日であり月次祭例日にあたっている。これは菅公七百七十年の忌日を記念しての意味も含まれていた。この奉納を文運多幸の祈りのこめられたものと解するのは自然なことと思われる。芭蕉はそれから俳諧宗匠の夢を抱いて江戸に上ってゆくことになる。それから約二百年後に豪農出身であったが、司馬遼太郎をして現実の武士以上に武士であろうとしたと言わしめた土方歳三が句集をまとめている。土方歳三は文久三年（一八六三年）の春に『豊玉発句集』を完成させて、二月八日に京都に向けて出発している。不思議なことであるが、松尾芭蕉も土方歳三も人生の大きな転機に句集をまとめて新天地に向かったのは二十九歳の春なのであった。この二人の著作は人生の戦場にゆく前のいわゆる出陣連歌の伝統をどこかで感じていたのではなかろうかと想像させるものがあろう。

今から百年前正岡子規は〈発句は文学なり、連俳は文学にあらず〉と述べて、俳句の百年の繁栄の礎を築いたとされている。これによって俳句は近代の極小詩として生きることに成功したことが定説となっている。私の見解によれば今日のいわゆる俳句は五百年の歴史を有しているとみている。そしてその先祖ともいうべき俳諧連歌の伝統と歴史を無視することはなかなか困難なのではなかろうか。最後に日本人の典型としての俳人松尾芭蕉像を「私の中の日本人」というエッセイの中で述べている辻邦生の言葉に耳を傾けたいと思う。

私が誰かを日本人の典型として思いうかべるとき、物語の英雄、武将、僧侶、思想家ではなく、どうしても歌人、詩人の類にしぼられてゆくのは、自分が、そうした文学の形で、日本の伝統につながろうという気持が働いているからであろうか。そしてその場合、万葉歌人でも紫式部でも定家でもなく、ごく自然に松尾芭蕉の姿が思い浮かぶのは、これはほとんど気質的な共感といってもいいかもしれない。（中略）芭蕉の旅は、むしろそうした人事万象をあらわに心に映じさせるための、積極的な詩的営みであって、そうしたなかで自在な詩的領域が保たれるのである。「世の成り行きを断ち切ること――それがボードレールのもっとも深い意志であった」というベンヤミンの言葉は、そのまま芭蕉にもあてはまる。この日本人は十七世紀後半に、奇妙に、十九世紀中葉のパリの詩人を先取りしているように見える。

「旅に病んで」の句も、いわゆる日本人の諦念的態度に徴すると、あまりに人間臭く、そこには詩的情念につきうごかされた風狂の呻きのようなものさえ聞える。だが、私は、この途方もない夢想にのめりこむことができた人を、やはり私の中の日本人の典型として考えたいのだ。私が雲や鳥や花や風に深い憂いを呼びおこされるとき、その人は大きな意志のような流れになって、私のなかを確実に吹きぬけてゆくのだから…。

（「波」新潮社　一九七一年（七・八号）七頁〜一一頁）

※　原文次の通り。〈Everybody of any education was either a poet or a poetaster.〉

附録(2)　第二芸術論再考

今からちょうど六十年前に岩波書店発行の『世界』（昭和二十一年十一月号）に桑原武夫の「第二芸術——現代俳句について——」という論文が掲載された。この論文はいわゆる〈第二芸術論〉として戦後俳句史にもっとも重大な出来事のひとつとして俳人達の胸に刻みつけられたものと推察できる。しかし六十年の歳月によって直接そのショックを感じた俳人も減ってゆくばかりの中で、風化してゆく運命にあることは天地自然の当然の成りゆきであろう。このような情況の中でもう一度あの第二芸術論とは何であったのだろう、と直接の影響を体験していない私が私見にもとづいて、あらためて第二芸術論についてゆっくりとやや饒舌にエッセイ風にたどってみたいと思う。

私は試みに次のようなものを拵《こしら》えてみた。手許にある材料のうちから現代の名家と思われる十人の俳人の作品を一句ずつ選び、それに無名あるいは半無名の人々の句を五つまぜ、いずれも作者名が消してある。こういうものを材料にして、例えばイギリスのリチャーズ（I. A. Richards　文学言語研究の大家、ハーヴァード大学教授。一八九三——）の行なったような実験を試みたならば（Richards, Practical Criticism, a Study of Literary Judgement, London, 1930）、いろいろ面白い結果が得られるだろうが、私はただとりあえず同僚や学生など数人のインテリにこれを示して意見を求めたのみである。読者諸君もどうか、ここでしばらく立ちどまり、次の十五句をよく読んだ上で、一、優劣の順位をつけ、二、優劣にかかわらず、どれが名家の誰の作品であるか推測をこころみ、三、専門家の十句と普通人の五句との区別がつけられるかどうか考えてみていただきたい。(作者の名は、この文章の最後に示してある)。

1 芽ぐむかと大きな幹を撫でながら
2 初蝶の吾を廻りていづこにか
3 咳《しわぶ》くポクリッとベートーヴェンひびく朝
4 粥《かゆ》腹のおぼつかなしや花の山
5 夕浪の刻みそめたる夕涼し
6 鯛敷やうねりの上の淡路島
7 爰《ここ》に寝てゐましたといふ山吹生けてあるに泊り
8 麦踏むやつめたき風の日のつづく
9 終戦の夜のあけしらむ天の川
10 椅子《いす》に在り冬日は燃えて近づき来
11 腰立てし焦土の麦に南風荒き
12 囀《さえずり》や風少しある峠道
13 防風のここ迄砂に埋もれしと

14 大揖《い》斐《び》の川面を打ちて氷《ひ》雨《さめ》かな
15 柿干して今日の独り居雲もなし

読者諸君は、この選集を読んでどういう印象をうけられたか。平生俳句をたしなまず、また作句の経験の皆無な私は、これを前にして、中学のころ枚方《ひらかた》へ菊見につれて行かれたときの印象を思い出す。（中略）これらの句を前にする場合は、芸術的感興をほとんど感じないのは菊の場合と同じだが、そのほかに一種の苛立たしさの起ってくるのを禁じえない。それは、懸崖などというものを作る心理には一こう共感できぬにせよ、目の前にあるのはともかく菊であり、ひねこびてはいるが一個の「もの」であって、そのかぎりの安定感があったのに対して、これらの句のあるものは理解できず、従って私の心の中で一つのまとまった形をとらぬからである。

（『第二芸術』（講談社学術文庫18）講談社　昭和五十一年　一六頁〜一八頁）

桑原武夫は「第二芸術」において具体的俳句を用いて立論としている。桑原武夫は当時風靡していた批評家リチャーズの行った文学的実験を俳句に応用して右のような論を展開しているのである。こうした方法論は日本ではしばしば行われるものであるが、桑原武夫の実験は結論の正当性や妥当性を裏付け、権威を加えるための理論のような様相を呈しているように思われてならない。それが証拠にこの実験に際して桑原武夫は〈私はただとりあえず同僚や学生など数人のインテリにこれを示して意見を求めたのみである。〉と非常に無責任かつ矮小化してリチャーズの名を大いに利用した竜頭蛇尾の大芝居を打っている。あとはこの文章の読者にまかせると云い放って終了するのである。ちなみにこの実験の被験者の反応はたった二個所しかでてこない。〈3・7・10・11・13などは、私にはまず言葉として何のことかわからない。私の質問した数人のインテリもよくわからぬという〉部分と〈次に、私と友人たちが、さきの十五句を前にして発見したことは、一句だけではその作者の優劣がわかりにくく、一流大家と素人との区別がつきかねるという事実である。〉という部分のみなのである。したがって桑原武夫のこの本論の立て方は、個々の具体的事実から一般的な結論を導きだす帰納的論理を装ってはいるが、自分の意見の正統性の根拠が他者にあるかのように装う衣裳であることが分る。ここでリチャーズの実験についてこれ自身はきちんとしたものであることを知るために、彼の実験のあらましを見てみよう。

リチャーズが自分の考えを最も具体的かつ詳細に文学テクストに応用したのは、大きな影響力を持った著作『実践批評（Practical Criticism）』においてである。この本で、リチャーズは、幾つかの見たことがない詩に関する（たいていの場合十九歳か二十歳の）ケンブリッジ大学生の論評を紹介し、その学生たちの反応や判断を自らの理論に従って分析・論評し（たいていの場合）酷評する。（中略）しかしこの本の強さも弱さも、その酷評がリチャーズの理論の範囲を超えて、どの程度以下の二つの比較的単純な発見に落ち着くかにある。その第一の発見は、読者はしばしば（実際、初めてテクストを読む場合には普通）テクストを部分的にしか読まないのであり、しかも他のテクストを読んだ経験や他の文化的拠り所から生じる予断を持って読み、そのため真の理解が阻害される、ということである。第二の発見は、情緒的経験や成熟、あるいはその欠如が詩の理解に影響を与えるということである。結果としてこの本は、リチャーズの具体的美学の例というよりは、以下の二点を強力に提示する例となっている。つまりこの本は、精読や共同分析の持続的実践の重要性や、文学テクストの意味は読者によって異なり、また同じ読者であってもそれを読む時によって異なる、という認識を提示しているのである。

（スチュアート・シム（杉野他訳）『現代文学・文化理論家事典』　松柏社　一九九九年　五四〇頁）

右の引用を読むと桑原武夫は恐らくリチャーズの理論を未消化のまま俳句に応用したものであろう、という推測を誰でもが持つことであろう。更にふみ込んで想像するならば、そのような正しい理解は桑原武夫にとっては二の次の問題であって、第一義的目的はGHQの文化部門のインテリにハーバード大学教授のリチャーズの理論を用いて日本文化のひとつの俳句を批判している自分の姿を売り込むことであった、と考えられてくるのである。右の引用で〈第二の発見は、情緒的経験や成熟、あるいはその欠如が詩の理解に影響を与えるということである。〉という個所があるが、まさにその通りなのである。つまりこの部分に俳句という語を加えるならば、〈俳句における情緒的経験や成熟、あるいはその欠如が俳句の理解に影響を与える〉のである。桑原武夫はまさにその正論を踏みはずして矮小な自己の経験談より俳句を弾劾してやまないのである。その姿はまさに虎の威を借る狐を彷彿させる。

現代の俳句は、芸術作品自体（句一つ）ではその作者の地位を決定することが困難である。そこで芸術家の地位は芸術以外のところにおいて、つまり作者の俗世界における地位のごときものによって決められるの他はない。ところが他の芸術とちがい、俳句においては、世評が芸術的評価の上に成立しがたいのであるから、弟子の多少とか、その主宰する雑誌の発行部数とか、さらにその俳人の世間的勢力といったものに標準をおかざるを得なくなる。

（『第二芸術』二二頁）

桑原武夫の右の言説は〈他の芸術とちがい〉という部分を〈他の芸術と同様に〉と書きかえるならば、六十年前の事は分らないが、最近の俳句の評価基準をそこそこのところで言い当てているように思われて皮肉であるが興味深い。

リチャーズの影響力は今日では全く薄れてしまっている。その理由は、流行のはやり廃れというものもあるが、皮肉なことに、「科学的」心理学的・言語学的モデルに彼が自信過剰気味に頼ったためでもある。このようなモデルは、一九二〇年代にモダニティということで権威を誇ったが、今や他の理論に取って代わられてしまったように見える。彼の意味論的理論は、後期のウィトゲンシュタインを予想させる要素がある。だが、今なお文学理論家によって読まれているのは、あるいは少なくとも引用されているのは、ウィトゲンシュタインの方である。（中略）リチャーズの文体は、一九二〇年代はプロの批評家のように見えたが、今日では素人か少なくとも時代遅れであるように見える。

（『現代文学・文化理論家事典』五四一頁）

蛇足ではあるが桑原武夫が「第二芸術」において本論を展開するときに用いたリチャーズの評価は、もはや過去のものであることは右の引用を読めばはっきりしている。既に六十年も経過している事を考えればある意味で当然のことかもしれない。

わかりやすいということが芸術品の価値を決定するものでは、もとよりないが、作品を通して作者の経験が鑑賞者のうちに再生産されるというのでなければ芸術の意味はない。現代俳句の芸術としてのこうした弱点をはっきり示す事実は、現代俳人の作品の鑑賞あるいは解釈というような文章や書物が、俳人が自己の句を説明したものをも含めて、はなはだ多く存在するという現象である。風俗や語法を異にする古い時代の作品についてなら、こういう手引の必要も考えられぬことはないが、同じ時代に生きる同国人に対してこういうものが必要とされることは、そして詩のパラフレーズという最も非芸術的な手段が取られているということは、よほど奇妙なことといわねばなるまい。芸術品としての未完結性すなわち脆弱性を示すという以外に説明がつかない（ヴァレリの詩にアランが注解を加えているではないか、などといわないでもらいたい。ヴァレリの詩は極度に完成して、完全に「もの」になっているから、アランが安心してその上に思想を展開してなぐさんでいるのである。アランの言葉に救われて詩が完成するというようなものでは全くない。そしてボードレール詩鑑賞とかヴェルレーヌ詩釈などという本はフランスにはないのである。

（『第二芸術』一九頁）

桑原武夫は俳句において解釈や鑑賞やいわゆる自句自解といったものの存在を、徹底的に批難する。

このような解釈本のたぐいはフランスには絶対にないものであると断言して、俳句の非芸術性を示す典型的なものであると述べている。しかし欧米にはこの種の本は沢山あり、この種の本に頼って私は外国詩の研究をしている。この論理の背景には欧米文化を基準にし、それが普遍絶対のもの即ち欧米文化の常識こそが金科玉条なのであると信じて疑わない姿勢を見てとることができるであろう。こうした日本人インテリの姿勢は文明開化の時大変に流行をみたもので、明治十五年に刊行された『新体詩抄』序文などにその例をみることができそうである。更に桑原武夫は〈私はロダンやブールデルの小品をパリでたくさん見たが、いかに小さいものでも帝展の特選などとははっきり違うのである。〉と述べて欧米文化への心酔ぶりを表明する。その心酔ぶりは〈西行、杜甫は時代をへだてていても、芭蕉とひとしく上にのびる花ではなく、地に咲く花であったのに対し、西洋近代芸術は大地に根はあっても理想の空高く花咲こうとする巨樹である。ともに美しい花とはいえ、草と木の区別はいかんともしがたい。〉と桑原武夫が断言する時、ピークを迎えているように見うけられる。そして桑原武夫は次の引用の中で最終的な神の御神託にも似た言評を弄するのである。

近代芸術は全人格をかけての、つまり一つの作品をつくることが、その作者を成長させるか、堕落させるか、いずれかとなるごとき、厳しい仕事であるという観念のないところに、芸術的な何ものも生れない。また、俳句を若干つくることによって創作体験ありと考えるような芸術に対する安易な態度の存するかぎり、ヨーロッパの偉大な近代芸術のごときは、何時になっても正しく理解されぬであろう。

（『第二芸術』三二頁〜三三頁）

〈バナナ〉という言葉がある。この〈バナナ〉という語は表面は黄色い肌をしているがひと皮むくとその心は白人になりきっている人をさすという。ふっと私はこの〈バナナ〉という表現が今頭をよぎってゆくのを感じている。異文化研究や社会人類学等で〈エスノセントリズム（ethnocentrism）〉という概念がある。この〈エスノセントリズム〉は〈自民族が他民族より優れているとの信念〉という意味であるならば〈中華思想〉と訳すことができるであろう。又〈他民族やその文化を自己の文化を基準に判断する傾向〉という意味ももっている。恐らくこの場合の訳は〈中華思想〉というよりは〈自民族中心主義〉という訳の方がよりこの内容に近づくものと思われる。欧米文化が変更されない姿で日本に移入されるべきだと考えるむきを欧米原理主義とでも呼ぶとするならば、変更を認めるむきはさしずめ欧米修正主義とでも呼ばれようか。例えば中国の文化を日本に移入する際、かつて日本人は言語の壁を乗り越えるため漢文読みというものを発明して今日に至っているが、恐らく原理主義からてらした場合、これは邪道で中国語を学ぶべきだと主張するであろう。しかし漢文読みは簡便であり充分にその役割を果たすことが出来て、今日に至っているのを我々は知っている。明治の文明開化の時代にあっていわゆる欧米原理主義が流行をみた時代にあって、前述した〈エスノセントリズム〉と同様の考え方を表明した文学者が存在していた。夏目漱石である。

私は近ごろスツカリ俳句を廃めたのですが、夫れには別に深い理由のあるのでも無いのです。（中略）今日も尚俳句に対する面白みを充分に認めて、殊に趣味の取捨と云ふことには、俳句から多分の利益を得て居ると云ふことを信じて疑はないのであります。此の趣味の取捨と云ふことは、外国の文学杯にも、応用することが出来るものであると思ふ。夫れは趣味とか又、標準の上にも、種々の点に於て、外国と我との間に、差異のあることは云ふ迄も無いことであるが、亦た明かに共有点と云ふものもある。其の共有なる点に就ては、外国の文学を研究するにも、日本人の標準を用ゐて可からうと思ひます。（中略）斯んな場合矢張り自分に標準が定まつて居たら、遠慮無くつまらないと云つて、排斥することが出来ると思ふ。是等の点から見て、所謂趣味の取捨と云ふ様なことは、俳句から得て来た利益が非常に多いと、自分で今思て居るのであります。即ち趣味の上に於ては、自分は、自分を主とすることが出来ると云ふ利益があるのです。

私が今日外国文学を研究するにも、単に西洋の批評家の詞に計り、文字通りに従ふことを潔く無いと考へて居るのは、即ち是等の結果であらうと考へます。（中略）従来斯んな研究をした人が無いのですから、若し我々が、外国の文学でも研究して行かうと、云ふのには、其の下地として、俳句杯を学んで置くと云ふことは、極めて利益あることと考へます。而して我々は此点に於て、飽くまでも俳句から利益を得て居ると云ふことを、信じて居るのであります。

今外国人が日本の文学を批評するには、矢張り彼れの標準に由るのです。然るに我は彼の標準に由る。既に起点《スタート》の間違つた話です。（中略）斯く云ふことの為に自分の標準を作り、趣味を固めて置くと云ふことは凡ての文学を研究して行く上に、大なる原素《エレメント》を為す所以でありませう。（中略）而かも其の俳句の趣味なるものが、文学の標準に資する所は、極めて大きいのであります。（「俳句と外国文学」）

（『漱石全集　第16巻』岩波書店　昭和五十一年　九五〇頁〜九五二頁）

夏目漱石が俳句を嗜んでいたことは有名である。そして正岡子規との交流も良く知られているところである。確か正岡子規の号のひとつに〈漱石〉というのがあったので、夏目漱石は号を正岡子規から譲りうけたものかもしれない。夏目漱石は殊に熊本時代相当に俳句にいれこみ打ち込んでいたことは有名である。要するに夏目漱石は俳句において一派をなす程に熱中もしかつ実績もあげていたのである。夏目漱石は後になって小説家として又英文学者として大成するのであるが、そうした下地に俳句があったことを確信させるのが、右に引用した夏目漱石の「俳句と外国文学」という文章である。引用の第一節にみられる〈外国の文学を研究するにも、日本人の標準を用ゐて可からうと思ひます〉という考え方は、まさにさきに述べた〈エスノセントリズム〉の考え方と合致するものであろう。更に夏目漱石は露骨に自己の意見を表明してはいないのではあるが〈趣味の取捨と云ふ様なことは、俳句から得て来た利益が非常に多い〉と述べてその結果として、〈趣味の上に於ては、自分は、自分を主とすることが出来る〉と述べているのである。更に引用の第二節において夏目漱石は自分の外国文学研究の上で俳句が大いに有益であったと語るのである。すなわち夏目漱石は〈我々が、外国の文学でも研究して行かうと、云ふのには、其の下地として、俳句杯を学んで置くと云ふことは、極めて利益あることと考へます。〉と断言するのである。桑原武夫が「第二芸術」の末尾において〈私の希望するところは、成年者が俳句をたしなむのはもとより自由として、国民学校、中等学校の教育からは、江戸音曲と同じように、俳諧的なものをしめ出してもらいたい、ということである。〉と述べた言葉と対照的な文言をなすものとして注目せざるを得ないのである。外国文学の研究という点では夏目漱石は英文学者、一方の桑原武夫は仏文学者あるいはフランス文化の専門家とみなされるわけであるが、俳句をめぐっての両者の見解の相違は悲劇的に大きすぎるものといえよう。一方においては外国文学研究上俳句は〈利益が非常に多い〉と言い、一方においては俳句を学校教育の場から〈しめ出してもらいたい〉と言うのである。話を夏目漱石に戻そう。「俳句と外国文学」において夏目漱石の考え方をみてきたが、引用の第三節で第一節と第二節で敷衍してきた説の結論を示している。つまり外国人が日本の文学を批評する時、外国人の文学的・文化的標準に則って批評するわけであるが、日本人が外国の文学を批評する時、外国の文学的・文化的標準に則って批評することに異議申立てを夏目漱石はしているように私の目には映ってくる。夏目漱石の〈然るに我は彼の標準に由る。既に起点《スタート》の間違つた話です〉という言葉には、少なくとも文明開化以来の伝統となった欧米原理主義への重大な懐疑が含まれているように感じられるのである。夏目漱石は日本人が外国の文学を批評する時、日本の文学的・文化的標準に則って批評する立場があっても良いではないかと主張していると考えられてならないのである。このような解釈に立つならば夏目漱石の〈俳句の趣味なるものが、文学の標準に資する所は、極めて大きいのであります。〉という部分は〈俳句は文学なり〉という正岡子規の言葉同様、私には大変重い意味を持つ言葉として耳に響いてくるのである。

明治になって正岡子規がこの俳諧を革新して「第一芸術」に格上げしようとしましたが、作る人たちと読んで楽しんだり批評したりする人たちとが同じという性格はついに変わることなく今日に至っているようです。つまり小西博士の言う「自給自足の世界」を維持しているわけです。西洋流の「第一芸術」が、プロの作者の作品を大勢の人が買って楽しむことで成り立っているとすれば、俳句その他はこうして仲間内だけで成り立っている。だから「第二芸術」である、というのは実はこれをもって「第二芸術」を定義している、ということです。だから「第二芸術」では駄目だと桑原教授の驥尾《きび》に付《ふ》して言うなら、それは西洋流の「第一芸術」、つまり一般の消費者相手に売れるものを目指すべきだ、と主張することになります。

しかしこの話はそれほど簡単なことではなくて、これも小西博士の説によれば、もともと作る人と楽しむ人とが同じサークルの人間であるような「第二芸術」こそ昔の日本では高級な「第一芸術」とされてきたので、『源氏物語』も王朝の和歌も江戸時代の文人の漢詩もそういう性質のものでした。反対に町人なり女子供なりを相手に大量に売れるような読み物の類は「戯作《げさく》」で、そちらこそ低級な「第二芸術」ということになっていたのです。これではバルザックやドストエフスキーの小説も所詮は戯作、いや通俗小説で、高級な人士の読むに耐えないもの、ということにもなりかねません。それに対して芭蕉や蕪村の俳諧も菅茶山の漢詩も高級な「第二芸術」、いやこれこそ「第一芸術」といわなければならない……というわけで話はいささかややこしくなります。

そんな事情を知ってか知らずか、文明開化以後西洋流の「第一芸術」を貴しとした開明派、そして敗戦後の進歩派は、生き残っていた日本的「第二芸術」の代表格である俳句に目をつけ、これを批判して西洋流の近代芸術に改革すべしと主張したのです。(「小説の現在――『第二芸術』としての純文学の終わり」)

(倉橋由美子『あたりまえのこと』朝日新聞社　二〇〇一年　一三一頁～一三二頁)

倉橋由美子の〈第二芸術論〉の解釈は明瞭で分りやすい。倉橋由美子の解釈によれば、西洋流の「第一芸術」は〈プロの作者の作品を大勢の人が買って楽しむことで成り立っている〉ものとする。又「第二芸術」は〈仲間内だけで成り立っている〉ものと定義を下している。倉橋由美子はこうした定義をふまえて桑原武夫の主張を彼女なりに解釈する。そして〈西洋流の「第一芸術」というものは一般の消費者相手に売れるものを目指すべきだ〉というような主張になるのであるとする。以上が引用の第一節の話である。引用の第二節は文化の違いが大きな価値観の反転を生みだすという点で大変に興味深い。〈第二〉は〈高級〉であり〈第二〉は〈低級〉という価値判断を示しているものとして〈芸術〉を形容しているのであるが、この価値概念がそもそも日本の文化と西洋の文化では異るというのである。倉橋由美子は小西甚一の説を援用しつつ、〈「第二芸術」こそ昔の日本では高級な「第一芸術」とされてきた〉と述べ、更に〈町人なり女子供なりを相手に大量に売れるような読み物の類は「戯作」で、そちらこそ低級な「第二芸術」ということになっていた〉と述べているのである。この仮説にもとづけば日本における「第一芸術」は『源氏物語』であり芭蕉であり蕪村であるということになるのである。そしてバルザックやドストエフスキーの小説も〈戯作、いや通俗小説で〉あって「第二芸術」ということになってしまうのであろう。これこそが桑原武夫の価値判断と全く逆のものとなってしまうのである。第三節の最後の部分〈俳句に目をつけ、これを批判して西洋流の近代芸術に改革すべしと主張したのです。〉という部分は、恐らく桑原武夫の「第二芸術」の意図とは多少ちがうものと私は考えている。桑原武夫は俳句に対して完膚無きまで〈批判し〉ているのであって、〈(俳句を) 西洋流の近代芸術に改革すべしと主張し〉てはいないと断ぜざるを得ない。なぜなら桑原武夫は「第二芸術」

の中で〈俳句はかつての第一芸術であった芭蕉にかえれなどといわずに、むしろ率直にその慰戯性を自覚し、宗因にこそかえるべきである。それが現状にも即した正直な道であろう〉と述べ更に〈文化国家建設の叫びが本気であるのなら、その中身を考えねばならず、従ってこの第二芸術に対しても若干の封鎖が要請されるのではないかと思うのである。〉と続け最終的には〈国民学校、中等学校の教育からは江戸音曲と同じように、俳諧的なものをしめ出してもらいたい、ということである。〉と結論づけているのである。この引用からも桑原武夫は俳句に対し改革すべきである、などという建設的意見は放擲しており、俳句が退嬰的になることをすすめ、かつ〈封鎖〉を要請し〈しめ出してもらいたい〉のであると主張しているのである。

日本では明治以後、この小説にも俳句と同じ「第二芸術」タイプのものが現れたのはまことに奇異な現象ですが、それは小説の世界でも、書く人が徒党を組んで同人誌をつくったり、師弟関係を結んだり、同業者の集団を組織したりして仲間内で仕事をしたことから生じた現象かと思われます。日本流の「第二芸術」志向がここに鮮明になります。

（「小説の現在――『第二芸術』としての純文学の終わり」――『あたりまえのこと』一三三頁）

右の引用では「第二芸術」に〈下等な芸術〉という意味と前述した〈仲間内だけで成り立っているもの〉という意味が含まれていると考えられるが、明治以降小説の世界にも俳句の世界同様このような現象が生ずるに至ったと述べている。

純文学というのは、こうしたサークルの中で書かれ、サークルの同人誌に当たるものに掲載されて読まれ、かつ評価される小説だという風に定義できます。もう少し厳密にいえば、このサークルの周辺には、このサークルの同人誌を購読してくれる準会員とでもいうべき固定客の文学マニアがいるので、これも含めた人々が純文学の消費者ということになります。そして同時にその大半は純文学の生産者、あるいは文学青年という潜在的生産者でもあり、おおざっぱにいって書く人と読む人の範囲はほぼ一致していたわけです。

(「小説の現在——『第二芸術』としての純文学の終わり」——『あたりまえのこと』一三四頁)

倉橋由美子は〈純文学〉という名がつけられた一群の小説家たちは実は俳句の世界と同様〈第二芸術〉と呼ぶにふさわしいあり方をしているものと説明している。倉橋由美子はこの状況に対して〈こういう文壇を前提として書かれ、読まれる身辺雑記的文章が小説、それも純文学という、何か高級そうな扱いを受けているのを見れば、あの俳句に文句をつけた桑原武夫なら同じように文句をつけてもよかったでしょうが、この人が目の敵にしたのは俳句でした。〉と言って純文学をやんわり批判しているように感じられてくる。

さて桑原武夫の第二芸術論についてあれこれ考えてきたが、想像を逞しくして当時のことを考えてみると、この論において桑原武夫は三つの狙いを持っていたのではないかと思われてくるのである。第一は戦争責任に対する人々の鬱憤晴らし、そして第二はGHQに対して忠実なインテリとして自分を印象づけること、そして第三はこの論に対する俳壇側からの過激発言を誘発すること、以上の三点の狙いがあったものと私は推定している。第一の狙いは予想以上に大きな効果を収めたものではなかろうか。殊に「第二芸術」の中の〈文学報国会ができたとき、俳句部会のみ異常に入会申込みが多く、本部はこの部会にかぎって入会を強力に制限したことを私は思い出す〉などと言う言葉はいかにも俳人が大きな協力態勢をもってのぞんだかを思わせて、煽動的である。第二の自己の売り込みが以後桑原武夫が斯界の権威として終生君臨した事を思えばこの論は大出世作とも言えよう。第三の俳壇の煽動は大失敗に終ったものと判断できる。俳壇のリーダー達は既に戦前俳句事件を体験しており言論活動のあやうさを身に沁みて感じており、過激な反論によりGHQのパージなどを誘発することを何よりも恐れていたはずである。というわけで桑原武夫と俳壇において私は世に言われているように桑原武夫の完封勝利であったとは思わない。負けるには負けたが二対一の俳壇の敗北であったと考えている。この時の高浜虚子の動向がしばしばひきあいに出され、まるでおとぼけを通したかのように言われているが、私はそうは思わない。東京を遥か離れた小諸の地で、高浜虚子は作句に打ち込みつつひたすら沈黙を守っていたのである。言論に対する権力の恐ろしさを誰よりも良く体験として知っていたからではなかろうか。高浜虚子が編集する『ホトトギス』は明治四十二年の九月に発禁処分にあっていたのである（大野林火『高浜虚子』　七洋社　昭和二十四年　一四二頁）。

初出一覧

式部再来　「轍」平成16年3・4月号
比喩の狩人　「轍」平成16年7・8月号
内気なダンディー　「轍」平成16年9・10月号
星彩煌煌　「轍」平成17年1・2月号
柳緑の粋な街　「轍」平成17年3・4月号
須美禮の夢　「轍」平成17年5・6月号
浪漫派の系譜　「轍」平成17年9・10月号
秘花朧朧　「轍」平成17年11・12月号
鎮魂物語　「轍」平成18年1・2月号
武蔵振り　「轍」平成18年3・4月号
ウイットの味覚　「轍」平成18年5・6月号
ありのままの光　「轍」平成19年1・2月号
内面を見つめて　「轍」平成19年11・12月号
利他主義と菩薩道　「轍」平成20年5・6月号
相聞は月今宵　「轍」平成21年5・6月号
砂洲のうちそと　「轍」平成21年11・12月号
対岸へと冬蝶　「轍」平成22年5・6月号
複眼的国際化へのまなざし
「轍」平成23年3・4月号
俳諧のサムライ　「轍」平成23年5・6月号
夕焼け色のミサ曲　「轍」平成23年11・12月号
人生合せ鏡　「轍」平成24年11・12月号
この道高き嶺　「轍」平成27年11・12月号
俳句と『武士道』　「轍」平成16年11・12月号
第二芸術論再考　「轍」平成18年11・12月号

あとがき

昨年の秋に主宰している俳句雑誌「轍」が十五周年を迎えた。この間句集研究シリーズという名のもとに一句集による作家論を企画した。十七文字の俳句を出発点としたこのシリーズは十三万字となった。どうしてこの短詩形にこれほどの言葉を紡ぎ続けることができたか、自分でも良く分からないところがある。ただシリーズで取り上げた二十二名の俳人から受けた感銘の消え去らないうちにその感銘を言葉に定着させようと努力したことだけは確かなことである。それぞれの作家が十七文字でポエジーというコトダマ（言霊）を生け捕りにする苦闘を思えば十三万字の努力はさほどのことではないだろう。この俳人の努力の伝統は〈言霊の幸ふ国と語りつぎ言ひつがひけり〉という万葉集のことばに通じるものであろう。

二十二名の作家については夢中で書かせて頂いたというだけのことであった。かえりみて俳句団体の系譜をみて驚かされた。現代俳句協会・俳人協会・日本伝統俳句協会・国際俳句交流協会のそれぞれの各作家が網羅されていたのである。この事実をみると本著では俳句の系譜の上の多様性が実現されていることを知る。一方で句集の出来た時代を考えると全て平成の時代のものであるということに気づく。つまりこの評論は平成という単一性をもつ。二十一世紀の世界的テーマは〈単一性と多様性〈unity and diversity〉といわれるが、本著の作家の多様性と句集の成立の時代の単一性を思えば不思議と二十一世紀の人類の最大のテーマと一致するように感じられる。つまり本著が平成の時代の多様な作家論として認識されることを願望する。加えて新しい時代の令和の意味として〈美しい調和〈beautiful harmony〉〉ということが言われているが、本著も調和の一書としてあればと願う。

大関靖博

令和元年五月二十四日

著者略歴

大関靖博（おおぜき・やすひろ）　本名　康博

1948年　千葉県生れ
1960年　市川中学にて能村登四郎と出会い俳句を始める
　　　　「馬酔木」・「沖」に投句
　　　　水原秋櫻子・能村登四郎・福永耕二に師事
2003年　俳句雑誌「轍《わだち》」を創刊

　　　　高千穂大学名誉教授・兼任講師
　　　　日本文藝家協会会員
　　　　福永耕二顕彰会理事
　　　　「轍」主宰

著書　　句集『点描画』（1978年刊）
　　　　評論集『伝統詩形の復活』（1983年刊）
　　　　学術論文集『古代英詩と海』（1986年刊）
　　　　句集『風速』（1987年刊）
　　　　評論集『ものと言葉』（1988年刊）
　　　　評論集『不滅のダイアモンド』（2003年刊）
　　　　句集『轍』（2007年刊）
　　　　評論集『不易の詩形』（2009年刊）
　　　　句集『五十年』（2011年刊）
　　　　アンソロジー『大関靖博句集』（2012年刊）
　　　　学術論文集『比較文化的詩論考』（2014年刊）
　　　　句集『大夢』（2015年刊）
　　　　評論集『ひるすぎのオマージュ』（2017年刊）
　　　　句集『大楽』（2018年刊）

現住所　〒275－0005
　　　　千葉県習志野市新栄1－6－16

十七文字の狩人

二〇一九年七月一四日　初版発行

著　者——大関靖博

発行人——山岡喜美子
発行所——ふらんす堂
〒182-0002 東京都調布市仙川町一—一五—三八—二F
電　話——〇三（三三二六）九〇六一　FAX〇三（三三二六）六九一九
ホームページ http://furansudo.com/　E-mail info@furansudo.com
振　替——〇〇一七〇—一—一八四一七三
装　幀——和　兎
印　刷——三修紙工㈱
製　本——三修紙工㈱
定　価——本体二三〇〇円＋税
ISBN978-4-7814-1190-3 C0095 ¥2300E